LOCUS

LOCUS

LOCUS

LOCUS

to

fiction

to 66

青春，飢不擇食

Twenty Fragments of a Ravenous Youth

作者：郭小櫓 Xiaolu Guo

譯者：郭品潔

責任編輯：江怡瑩 美術編輯：蔡怡欣

校對：呂佳眞

法律顧問：全理法律事務所董安丹律師

出版者：大塊文化出版股份有限公司

台北市105南京東路四段25號11樓

www.locuspublishing.com

讀者服務專線：**0800-006689**

TEL：(02) 87123898 FAX：(02) 87123897

郵撥帳號：18955675 戶名：大塊文化出版股份有限公司

總經銷：大和書報圖書股份有限公司

地址：台北縣五股工業區五工五路2號

TEL：(02) 89902588 FAX：(02) 22901628

排版：天翼電腦排版印刷有限公司 製版：源耕印刷事業有限公司

初版一刷：2009年 10月

定價：新台幣220元

Printed in Taiwan

Twenty Fragments of a Ravenous Youth

青春，飢不擇食

郭小櫓 Xiaolu Guo 著
郭品潔 譯

斷片一

芬芳的特質，記載於一張紙上

我的青春始於二十一歲。至少，那是我決定青春開始的時刻。在那一年，我頭一回注意到生命中光芒耀眼的東西——或許在那些東西當中有一些光芒是屬於我的。

如果你覺得二十一歲才開始進入青春稍嫌過晚，不妨試想一下普遍的中國農民，他們往往直接由童年跳入中年，中間缺乏過渡階段。如果人生必有缺憾，我寧可選擇去掉中年。要嘛年輕，要嘛衰亡。那就是我的人生盤算。

不管如何，二十一歲那一年，我塡了一張申請表，整個人生就此改觀。在這之前，我不過是個無知的鄉下姑娘，什麼也不懂，成天只知道在地裡挖番薯，要嘛就是清理廁所，再不然就到工廠拉起落桿。沒錯，我到北京也有幾年了，可骨子裡還是個不折不扣的農民。

我巨大的轉變發生在北京電影製片廠。那是個火燙的午後。徵人辦公室的牆壁上毛主席的口號模糊邋遢：「爲人民服務！」綠頭蒼蠅在午餐吃剩的麵條便當盒上嚶嚶徘徊，一位人民英雄在椅子上打盹。他本來應該負責照管電影臨時演員的登記作業。顯然他已經累壞了，半點都沒留意到我們。這下我們簡直跟蒼蠅沒有兩樣。

一起填表格的還有另外三個女孩子。她們的模樣可比我酷多了：染髮，胳膊刺青，假真皮手袋，破洞牛仔褲，一應俱全。她們交頭接耳，吃吃發笑，有如呆頭鵝。不過我看得出來，在全副武裝的外表下，她們仍舊是來自黃沙漫漫的偏遠省分、皮膚黑黃的農村女孩，就跟我一樣。

我從桌上拿起一支筆，一支英雄牌鋼筆。這種英雄牌鋼筆只有老共產黨員還在使用。我向來討厭這種筆。我一拿來寫字，英雄筆就開始漏水。墨水染汙了我的申請表，將我的手指頭染黑，連手掌也難逃一劫。我媽媽以前說過，髒黑的掌心會導致你的房子失火。所以我開始憂心忡忡，害怕掌心的墨跡會給我帶來厄運。

這間辦公室到處都是申請表。各種履歷表從地板上疊得老高，直抵天花板。灰塵懸在空中有如銀河。當我把相片黏貼在表格的右上角時，便當盒後頭打盹的人民英雄突然醒來。他第一個動作便是起身操起蒼蠅拍朝他的午餐揮舞，撲殺蒼蠅。這突如其來的暴力舉動，把那三個填寫表格的女孩子給嚇愣了。啪，一隻蒼蠅。啪，又是一隻。他坐了下來，兩具屍體橫躺在他面前的桌上。

我繳交十五塊錢人民幣的登記費用。連看都不看我一眼，管理員從皮帶拿起一串鑰匙，俯身打開一個吱嘎作響的老舊抽屜。他取出一顆大戳章，調整若干數字，壓了壓紅

北京電影製片廠——臨時演員檔案登記表

姓名：	王芬芳
性別：	女
生日：	1980
出生地：	浙江省 黃石縣 薑丘村
父母階級身分：	農民，非共產黨員
教育程度：	中學畢業
身高：	168 公分
胸圍：	85 公分
腰圍：	69 公分
臀圍：	90 公分
血型：	B
生肖：	猴
星座：	天蠍座
個性：	多樣，時而外向活潑， 時而內向害羞
相關經驗：	天天人民旅社清潔員； 工廠工人； 青年先鋒戲院引座員
技能：	英語二級；打字； 製造罐頭 （45 秒裝配 5 罐）
限制：	無
興趣：	看電影，特別是好萊塢電影；閱讀西方翻譯小說

色的印台，然後抬手在我的表格上猛力一蓋。**臨時演員編號6787**。

所以，我就是北京第六千七百八十七個想要在電影和電視產業裡討生活的人。在我跟一個可能的角色之間隔著六千七百八十七個其他的臨時演員——或年輕貌美，或年老醜陋。我感受到競爭的壓力，不過比起中國十五億的人口，六千七百八十七這個數字還不足以令人望之卻步。那幾乎就等於我們那個小村落的人口數。我油然生起一股衝動，想要征服這個嶄新的村落。

還是沒拿正眼瞧我，揮舞蒼蠅拍的人民英雄開始研究起墨跡玷汙的表格上我的相片。

「長得不賴嘛，小姑娘。和妳臉上其他部位比起來，妳的額頭還眞有點名堂：幾乎跟天安門廣場一樣寬闊。妳的下巴也長得不壞。那會給妳帶來好運，相信我好了。方方正正的下巴就對了。還有妳的耳垂——跟佛陀一樣肥厚。越肥厚代表越有福氣，妳曉得嗎？唔……妳相貌沒那麼醜。妳簡直不敢想像每天有多少醜八怪跑到這地方來。我眞是想不透。難道他們不會在家自己先照照鏡子嗎？」

我耐心聽他講完然後感謝他的美言。將臨時演員編號6788、6789和6790拋諸腦後，我離開登記處走上馬路。正午的驕陽無情地襲擊我腦門，我感覺我的頭髮要被曬焦了。這座城市的高溫和塵埃從水泥人行道揚起。我在高溫和嘈雜的馬路上頭暈目眩。或許我眞的昏厥過去，我記不得了，反正這不重要。重要的是：我已經取得一個編號。就從今天起，我的人生再也不會像一顆被遺忘在黑色土壤深處的番薯。再也不會了。

斷片二

芬芳如何迷迷糊糊在北京落腳生根

頭一夜在北京。一個十七歲的鄉下女孩子，喝一罐冰涼的可樂似乎就是最驚天動地的情節。我拖著皮箱，一家飯店逛過一家飯店。飯店不是開給農民住的，這點我曉得。那我還有什麼辦法可想？就算我有滿口袋的人民幣，他們還是不會讓我進門。每次經過一家飯店，門房臉上的神情都向我證實了這一點。顯然那些王八蛋腦子裡想的是：你來這裡幹啥，種莊稼的？我得另外找個便宜的地方，不過所有廉價的小旅館都在地下室，我頭殼壞掉才會第一夜就住到黑洞洞的地下。對我來說，北京是個美麗新世界，即便晚上還是燈火通明。我可不想錯過任何輝煌的一刻。

最後我來到東城北河沿一帶，一整片胡同世界。胡同，悠長、狹窄的巷弄連接低矮、灰色的平房，圍繞著嘈雜、擁擠的四合院。數不盡的巷弄擠滿數不盡的平房，住著數不盡的人家。這些老資格的北京居民自認是「天王老子的子民」。但在我看來，他們也不怎麼高貴。

我挨著路邊坐在皮箱上，身旁蹲著兩個老人，正邊喝茶邊下棋。他們動也不動的樣子，看起來已經在這地方待了好幾個鐘頭，或好幾個禮拜，或甚至整個世紀都沒離開過。過了一陣子，我肚子真的餓了。那種餓法不像平常肚子空空的情形，那種早上起床肚子傳來低沉的轟鳴聲，不管吃下多少東西，還是響個不停。這種飢餓非常嚴重——就像你連續三天搭乘火車沒什麼東西好吃。我起身向路邊的小販買了個烤白薯，然後又坐了下來。落日西沉，街燈開始亮起。一盞接一盞小小的燈光照亮窗面。周遭已經沒有人，連那兩個下棋的老人也走了。我心裡開始七上八下，我擔心我的未來，或者說得精確一點，擔心我的明天。我坐立難安。

透過一扇窗簾敞開的窗戶，我看見一個女孩和她母親在吵架。房間裡身形忽隱忽現，吵架的聲音越來越響亮，吼聲激烈，但話語難以分辨。我很難相信一個女兒和她母親有那麼多話可說。她們的關係一定非常親近。不像我的家人，彼此之間沒什麼話可說。我父親從來不跟我母親講話，我父母從來不跟我姥姥講話，他們也沒有一個人會跟我講話。在我老家的村子，人們活得就像昆蟲，像蚯蚓，像房門後爬行的蛞蝓。一家人沒什麼事情好說的。我被這間房子和裡頭響亮的聲音給吸引住了。我有一種預感，這間房子和我之間會發生一些事情。

突然間房門被猛力拉開，那年輕的女孩衝了出來，她母親在後頭追趕。事故轉眼間便發生了。一輛麵包車飛馳而至。女孩想擺脫母親跳到街上，母親緊跟在後。我手中吃了一半的烤白薯滾落地面。轉瞬間，麵包車底下輾過兩具零落的軀體，伴著我掉落的烤白薯。一聲尖銳駭人的煞車聲後車子停住了，司機從車上跳了下來。他將那母親和女兒拖上後廂，半聲不吭，看也沒看我一眼，迅速開車走人。我目瞪口呆。再度望過去的時候，只看見人行道上些許鮮血，在街燈下閃著寒光。

我在同一個地點坐立良久，不曉得這大都市的頭一夜要怎麼打發。附近沒半個人影。剛剛那母親和女兒衝出來的大門依舊敞開，裡頭的燈還亮著。沒有人進去。沒有鬼出來。過了半個鐘頭，我決定進去瞧瞧。

牆上掛著一座老式的時鐘——啄木鳥敲啄每個鐘點的那種時鐘——還有一副世界城市的月曆秀出舊金山著名的紅橋。桌上擺著一杯綠茶。我摸了一下，猶有餘溫。爐子裡的煤餅只剩星火。門邊，水龍頭滴滴答答。屋子裡有兩張眠床，一張窄，一張寬。我選了那張窄床。上頭擺著一件碎花裙，所以我猜這是那個女兒的床。我躺了下來，盯著天花板雨打的潮痕。我越是回想過去幾個鐘頭發生的一切，心中越是不在乎。我累壞了，沒工夫再去理會任何事情——我是一個冷漠的人。王八蛋老天爺在上，我是一個沒有良心的人。我的心冷得就像潮濕的天花板。

整整一個月沒有任何人來過。我是這間空房子唯一的訪客。每天晚上我都睡在那裡，一毛錢也不用付。一間完全屬於我的小旅館。一個月之後我找到了工作，離開此地，搬到一個新地方。

當我離開薑丘村時，那情景就像我的右腳往前邁進一步，然後左腳才慢慢跟上，在這左腳和右腳之間，四年就這麼悠悠過去了。這四年裡，我就像被遺忘在倉庫裡多餘的一張破桌子。我在北京的頭一個工作，是在一家叫「天天人民旅社」的飯店裡幹清潔員。我沒有資格清理房間，只能打掃走廊和廁所，不過至少我和其他四個清潔員共享一間睡房。我在天天旅社幹了一年左右，最後還是辭職了。接著我轉到一家國營的玩具工廠製造塑膠槍和飛機。這間工廠大約有五千個女工，實在受不了那種吵鬧聲和宿舍的臭味，所以我又辭職不幹了。從那時候起，我四處漂泊，工作一個換過一個。有幾個月的時間，我在一家錫罐工廠監管製罐機器，最後跑到一家叫「青年先鋒」的老戲院擔任清潔員。和戲院的名字無關，裡頭放映的可不是什麼青年先鋒派的影片，清一色只演香港武打片，和尚拳腳相向之類的玩意。每個場次放映之後，我得清掃甘蔗皮、啃了一半的雞腿、花生殼、瓜皮之類，看電影的人扔在地上的垃圾——有時甚至還出現過炸青蛙腿。

不過我有幾分喜歡這份工作。放映室有張破沙發，我就睡在上頭，而且每天都有電影可以觀賞。加上，客人遺留在座位上的東西就歸我所有。有次還撿到一本英文詞典，這可真是令人興奮。報紙上曾經報導過——有個上海的高中生花工夫把整本英文詞典背誦下來，後來就進了美國哈佛大學。我記不得他的名字，不過他成了國家的英雄人物。想來我也可以和他一樣——這本遺失的詞典可以成爲我通往世界的護照。不管怎樣，我開始學習英文單字。這沒有想像中困難，不過學了一陣子之後有點無聊，所以我放棄了。即便如此，我還是可以和到戲院看電影的外國人講個幾句。我覺得能夠在戲院裡生活委實很酷。我把生活結餘的錢花在電影雜誌上，有時也到其他戲院去觀賞強檔新片。

然而，這份戲院打掃工作最幸運的，是讓我結識了一個電影副導。我幫他找回一把遺失的雨傘。他告訴我那是他女朋友搬去深圳時送給他的禮物，此後他就再也沒有和她見過面。說起女朋友的事情，他似乎很沮喪，但如果這把黃傘就是她的臨別贈禮，那也難怪。

我幹嘛把我的號碼給了這個掉了雨傘可憐兮兮的男人？他瘦巴巴得像支鉛筆，頭髮剪得像個軍人，穿著市面上最便宜的紅色雞心領農民毛線衫。但我不在乎這些。他說他和鞏俐、張藝謀、陳凱歌這些人一起幹過活，這些響叮噹的大名把我震住了。加上，他看起來不像騙子或小偷。我給了他我身分證的號碼，我青年先鋒戲院的號碼，我大哥大號碼，我家的電話號碼，還有我家鄰居的電話號碼。他叫我去弄一張黑白的護照相片，然後到北京電影製片廠的辦公室去登記。

誰能料到一把雨傘居然在我人生未來的發展上扮演關鍵角色。我歸還了一把蹩腳的舊雨傘給一位電影副導，一個月過後，我掙得臨時演員的工作，一天領二十塊錢人民幣。

斷片三

小林，在他露出粗暴面目之前

你可以查看一下我的中文詞典，裡頭找不到「羅曼史」（romance）這個字眼。我們慣用的說法是「浪漫」，摹擬這個字的英語發音。「羅曼史」這個字對我來說有個屁用？這個字在中國沒啥用武之地，而北京可能是全世界最不浪漫的地方。「吃飯第一，其他的再說。」正如老一輩的人所言。無論如何，我和小林之間的「羅曼史」趨近於零。

我們初次相遇，是有一回我參與電視清宮連續劇的演出。整部戲複製三百年前的清宮生活。花瓶裡的牡丹是紙糊成的，水池裡種的是塑膠蓮花。我演的是一位格格身邊眾多的宮女之一，演這個角色需要套上厚重的假辮子。辮子很重，把我的頭皮往後拉扯。管化妝的助理輕蔑地瞥了我一眼，對我頭髮的長度嗤之以鼻，然後抓起我一把頭髮繫上粗厚的髮辮。我演出的場景不外就是肅靜地走過宮殿，幫我的格格倒茶，或者幫她梳理頭髮。當然，全部演出都沒半句台詞。

小林擔任製片的助理。他的工作是開車載送製片四處跑，高聲幫他傳達各種指示，基本上就是應付他的吃喝拉撒睡。同樣他也負責照管整個劇組。小林第一次和我講話是在午休時間。每天我們都會排隊等著領便當。主要演員和重要的幕後人員——電視圈的上層階級——吃的是八塊錢一份的大便當。臨時演員、助理和跑腿打雜領到的是分量寒酸一點的五塊錢便當。開水免費供應。

我領了五塊錢的便當——裡頭有醃黃瓜、白米飯配上不到一公分的肉丁——獨自一人坐在角落進食，避免和人交談。我不想跟人講話。我坐在那裡看著角落外的劇組工作人員，聽他們你一言我一語討論女演員的大胸罩，導演的新情婦，或是最近的八卦新聞，當天《北京晚報》的特別報導，有個連續殺人犯仍然在逃。接著我看見一個年輕人朝我走了過來。那就是小林。他個子高，體格像結棍的松樹。他走到我面前，手裡拿著一個大便當。

「妳喜歡吃魚嗎？」他說。「還剩一條。」

我得承認，一開始我對小林沒什麼特殊感覺。他太粗獷了，大手大腳的。對我來說，這副德性談不上帥氣，也不夠「都會」。他看起來就像我們村裡的年輕人，頭髮沾染塵沙。這倒是奇怪得很，因爲他是道道地地土生土長的北京人。管他的，吃飯第一，其餘的再說。我接過便當，開始狼吞虎嚥一塊多汁的鯉魚。毫無疑問，這玩意比我的五塊錢便當要美味多了。吃完鯉魚，我心中對小林升起一股暖意。打從來到北京之後，從來沒有人請我吃過一頓像樣的午飯。這事可不尋常。

大口咀嚼當中，我偷眼覷著這個請我便當的人。我注意到他的米飯浸泡在黑醬油的汪洋當中。那時候我還不曉得小林吃飯喜歡加一堆醬油在米飯裡。而且他還特別講究牌子——「八龍牌醬油」。光澆上八龍牌醬油，他就能把整碗白飯吃光，不用任何配菜。反正，當他大口扒飯時，他告訴我，他有多討厭這幫劇組的等級制度。他有多討厭跟這些自命不凡的演員打交道。小林說還是臨時演員最好了。然後他對我說，「妳不像女演員，妳看起來不夠傲慢自大。」

不夠傲慢自大？這話令我不太舒服。但或許他說得沒錯，否則我怎麼老是演出一些爛角色，比如「從背景走過橋上的女人」或者「收拾杯盤狼藉桌面的女侍」。

接著他詢問我的年紀，我也問了他的。這是中國人的老習慣。一旦知道另外一個人的年紀，我們就能了解他的過去。長久以來，我們中國人過著集體生活，個人的歷史根本不足爲道。因此小林和我知道各自的年紀之後，我們就曉得彼此生命當中發生過什麼了不得的大事。比方說，「一胎化」政策剛好在我們出生前不久實施，因此我們知道在一九八五年，有兩隻貓熊被送到美國當作中國官方的贈禮，我們在學校裡還含淚唱過貓熊之歌。一九八九年發生過天安門廣場的學生示威運動。反正，小林小我一歲，所以我假定我們屬於同一個世代。不過當他告訴我他從未離開過北京時，我的想法改變了。顯然他沒辦法理解我爲何要遠離家鄉。或許我們根本就屬於不同的世代。

如果我的思想保守一些，我就會知道小林跟我其實並不合適。他的生肖屬雞，人家說雞跟猴並不相配。不過我還年輕，沒有把未來的事情看得太認眞。

小林請我吃午餐過後不久，劇組放了一天假。他想邀我去游泳。他說他曉得北京城郊有座蓄水池，以前屬於元朝皇帝御花園的一部分。我立即就答應了，儘管我根本不會游泳。算了別管游泳，就去看看以前皇帝遊憩的地方也好，我心裡這麼想。我提醒他說我沒有泳衣，還有我怕水，不過小林說一切包在他身上。所以我們去了西單的百貨公司，他幫我買了件蘋果綠的泳衣。然後我們在長安街搭公車，一路穿越莊嚴肅穆的紫禁城和北京友誼賓館，最終我們橫越過整個首都。那是整天活動最精彩的部分，其他的節目都相當令人失望。

首先，那地方根本就不像什麼皇帝的御花園。只有一座無聊的小山丘，中間有處混濁的小池塘。毒辣的太陽在我們頭頂肆虐，就連池塘也一副乾渴難耐的模樣。倒不是說這裡的風景眞的醜到家，只是你不會想要在這種地方拍照留念。小林剝掉身上的T恤，直接跳入苔綠的池水。我轉過身來更換簇新的泳衣。換好衣服回頭一看，小林已經游到池塘對岸。他壓根就不管我怕水這回事。就在那一刻，我心裡明白，只要和他在一起，我就絕對學不好游泳。有時你就是知道會有這種事，儘管你無從解釋。那就是命運，如果你相信命運的話。

我僅僅伸腳輕輕一探，那無可名狀的液體就想將我吞沒。我腳下站立的石塊又滑又利。重心一個不穩，我跌進黑壓壓的水中，放聲尖叫。小林趕緊游回來將我拉出水面。

所以結局便是我坐在岸邊，池水從身上滴落，兩條大腿黏附著水草。我望著小林在水中優游，從左至右，由近而遠。皇帝跑到這地方來幹嘛？我心裡納悶。他可會和他的王妃們一起游泳？那些王妃又是怎麼學會游泳的？心裡這些念頭轉來轉去時，小林漂浮在水面上，如同鴨子般絲毫不費力氣。他沒有特別對我說什麼話，彷彿第一天約會，讓女孩子坐在岸邊看他水中來回轉圈是再自然不過的事情。

就從那天起，小林跟我變成一對。我和他們一家子住在只有小小一間臥房的公寓裡，那就是他們的家。三代同堂：他父母，他父親的媽媽，兩個妹妹，加上我們兩個，別忘了還有兩隻棕貓和一隻白狗——全部擠在一間臥房裡睡覺、咳嗽。如此牢固緊密的家庭生活，沒有「羅曼史」，我明白永遠別想指望了。

有時候，我會瞥見一個非比尋常的小林。他會在戲院裡握住我的手，看完電影後，到夜市買烤烏賊給我。有時，外出散步的時候，他會停下腳步，親吻我的額頭。還有在床上，不管是熟睡或者受到噩夢的驚擾，小林總是緊擁著我，有如害怕我們兩個光溜溜的身體分離。如果我側睡背對著他，他的身體會捲繞著我，手臂攬住我的胸膛，溫熱、毛茸茸的大腿糾纏住我的雙腿。同樣的，我睡覺時也會依偎著他。我把腳趾擱在他的踝部，大拇指觸摸他的指甲。有時，如果我的耳朵湊近他的胸膛，我能聽見他的心臟跳動如一面鼓。我能感受他的體溫，些微溫熱的華氏九十八度九。

不過大多數的時間，小林總是一副嚴肅生氣或木訥呆板的模樣。他日常生活近乎停滯狀態。起床，上工，上床睡覺。老是一成不變。每一餐，小林家的三隻動物和六個人(如果把我算進去就是七個)，圍著四四方方一個小房間裡的圓桌擠成一團。吃的食物都一樣，至少我住在那裡的期間如此。八龍牌醬油配白飯，八龍牌醬油配麵條。八龍牌醬油配水餃。我們居家環境如此擁擠，地板連一公分的餘裕都不剩。兩隻貓會在一個砂箱裡尿尿，不過那隻狗老是在床邊就拉起屎來。牠還常常害得鄰居的母狗懷孕。

日子就這麼過了三年，那老祖母變得更加衰老，兩個妹妹老是惹我心煩。這個房間嗅不到半絲氧氣。我筋疲力盡，就像成天背負著腐爛的番薯。我一心只想逃個無影無蹤。

斷片四

芬芳獨自住在月季園小區

月季園小區找不到月季，有的只是數不盡的垃圾。我對那地方懷抱一種複雜的情感。它就像一個醜陋發臭的父親，不過你還是得和他住在一塊，你不能就這麼搬走了事。

在我老家的村子，村民說水牛的記憶力只能維持一個月。我想我一定也是水牛附身。我的記憶力糟糕得很。當我試圖回憶生活在月季園的時光，唯一清晰浮現的只有班。我不記得班是如何走入我的生活。或許是在一家我喜歡的酒吧叫「下流內麗」，或者是在一家販售外文書籍的書店。或許當時我正瀏覽一本美國漫畫，而他正打算買一份《波士頓環球報》，兩個人不知怎麼就攀談起來。他每次總是要看《波士頓環球報》。他告訴我他便是來自此地。我查了百科全書，上頭說波士頓位於北緯四十二度，西經七十一度，比格林威治標準時間減四個鐘頭。不管怎樣，小林非常討厭他。不是因爲班跟我之間開始有什麼曖昧。小林說班假裝自己只是個年輕的學生，實際上他一直收集累積中國的各種資訊，爲的是想辦法進入美國東岸的公司工作，告訴他們如何對我們進行剝削。

我搬到新的地方不久，班就來探訪我，手抓一株帶有兩片葉子的鮮紅百合在他胸口搖曳生姿。所有居委會的成員瞠目結舌瞪著他站在大門口。

班沒有進門。他在我面前將百合放在地面，拍拍襯衫上的塵土並說，「芬芳，我擔心這株植物會死掉，妳得幫我照料它。」

我收下這株兩片葉子的植物，同時，我也接納了班。

月季園小區就像北京其他興建的小區一樣，是爲了取代胡同：整齊劃一的集體高樓大廈。儘管建築物是嶄新的，牆面已經開始剝落。上頭覆蓋著招貼，告訴你對抗梅毒的良藥，還有草率的廣告寫著電話號碼。在水泥中庭，瘦巴巴的樹長著可憐的樹葉勉力求生。走廊塞擠著破爛的腳踏車。不過搬進這小公寓的那一天，我感受到一股秘密的喜悅，終於有我自己的生存空間了。我絕對不會再和一戶家庭或惡臭的動物共同分享我的空間。絕對不會。

我帶了五樣東西一起搬家：一個裝滿衣服的塑膠衣櫥，一條綠色毛巾，一條紅色毛毯，一只裝了證書和文憑的盒子，還有一個資料夾，裡面是我曾經參與演出的不入流的節目和電影的腳本。其他東西都在小林發現我離開時，就已經被他撕毀或摔爛。我進屋將身後的門鎖上，四下打量。有戶人家之前住過這裡，我鼻子嗅得出來。廚房牆壁有油漬，陽台有幾樣丟棄的玩具。這個嘛，沒什麼好抱怨的。我想我有辦法改善，把這地方整理得煥然一新。

唯一的缺憾要數樓下居委會那些傢伙。我受不了他們。在老家的村子，我們管這種人叫老公雞和老母雞。他們在塵土當中坐上好幾個鐘頭，紅色的臂章別在袖管上，爲他們不朽的社會主義盡忠職守。王八蛋老天爺在上，我恨死他們了——這地方的情形絲毫沒有差別。每次遇到下雨天，老公雞和老母雞們便將整個中庭佔據，地面上或蹲或坐。他們可不是在打禪七，這些人會碎嘴嘀咕，住十三樓的那個女人離婚沒多久便又再婚，或者八樓戴眼鏡的先生拒領一胎化政策委員會分發的保險套，或者三〇四號公寓的灰貓被八〇五號公寓的黑貓搞大肚子，虧那黑貓的主人還是個天主教徒。或者他們會你一言我一語，討論今年冬天該儲藏多少公斤的大白菜。天殺的，我希望他們僅剩的幾顆牙齒咬起冰凍白菜時斷個精光。

緊挨著我們這棟大樓旁邊就是首都的回收場。夜以繼日，隆隆作響的卡車運來北京一千五百萬居民製造的垃圾。垃圾山旁邊是一所中學。少女少男穿著天藍色的校服，騎著他們嶄新的腳踏車鬧鬨鬨地四下穿梭。作爲夏天到來的第一項徵候，前青春期的少女會脫去笨重的外套，露出尚未發育的胸脯。那些少年，家中的小霸王，炫耀賣弄，講一些下流話來挑弄女孩子，那口粗啞牽拖的胡同口音繼承自他們的工人父母。小孩子成天攀上垃圾山挖寶。他們尖銳響亮的呼吼聲傳入我十二樓的房間，害得我連自己腦子裡想的東西都聽不分明。

我在北京不論搬到哪裡，始終受到蟑螂的眷顧，不過只有在月季園，情況才眞正令人抓狂。我的公寓成了蟑螂的麥加聖地。牠們隨時間迅速地繁殖。一隻母蟑螂終其一生可以產下三百顆蛋，只要幾個禮拜，這些蛋就能孵化爲成年的蟑螂。耀武揚威的王八蛋。每道縫隙都能招來軍容壯盛的入侵者。從廚房壁面的瓦斯管洞，到瓷磚的每一道裂縫。牠們爬上杯緣梭巡，端坐在我的飯鍋思索生命的意義。

說起我這些蟑螂，牠們非常有電影感，就像希區考克電影裡頭的鳥。一波波的攻擊沒有止境。單獨一隻的時候，牠們脆弱容易消滅，不過一旦成群結夥就無人可敵。無奈再怎麼樣日子還是得忍耐。有一次，我悄悄逼近一隻大蟑螂，牠居然出乎預料之外逃進一個插座裡，只聽到一陣劈哩啪啦，冒出些許火花，結果那就是牠的末路。王八蛋老天爺在上，這些蟑螂還眞是有自虐狂，找出這麼痛苦的方法領死。有次沒注意，喝茶時吞下一隻茶水裡的蟑螂。驚恐之餘，我打電話給本地的藥劑師。電話裡的聲音無關痛癢地向我保證：蟑螂沒有毒性，吃下一隻並無大礙。雖然，那藥劑師補充，就蛋白質而言，蟑螂的營養成分不如蝸牛。

我本來決定不管搬到哪裡，都要帶著班的紅百合。不過那只是妄想而已。百合就這麼被蟑螂吃掉了。好罷，吃掉兩片葉子還算不了什麼，不過令人傷心的是，他們連花莖也不放過。花莖大概有六十公分長，而蟑螂才區區兩公分而已。牠們足足花了三個禮拜才啃完——好漫長的一頓進食，算一算牠們的壽命也不過才兩年。

我沒有告訴班他的百合下場如此淒慘，不過他也從未再問過這件事。或許，他根本就把自己的花給忘得一乾二淨。

斷片五

一個毛主席的抽屜終究沒能阻止芬芳被抓進警察局

毛主席說，「我們的學習必須優秀傑出」以及「要使思想適應新的情況，一個人必須學習」。他的話不會有錯。所以，一旦當臨時演員掙得像樣的工資，我便決定讓自己接受教育。畢竟，一個鄉下來的女孩子需要上學受教育，才能趕上都市的小孩。每天晚上我會出發，書本在手，前往各式各樣的夜校、技藝訓練中心和技術學院，這些進修機構是爲了像我這樣的農民所開辦。

在我的美國現代文學課程，我們必須背誦瓦特·惠特曼的《草葉集》。我永遠忘不了那個句子：「你在擔憂未來對你毫無意義嗎？」我也參加了一個「瘋狂英語」的課程，那裡的人們相信高聲狂吼能幫助你掌握英語學習。我還參加了「五筆輸入法」課程，利用英文鍵盤便可快速輸入中文字。我甚至還報名加入學習駕駛的理論班，儘管我沒有汽車，而且對北京迷宮般的公路和高架道路完全暈頭轉向。不管代價如何艱辛，我下定決心成爲一個眞正的北京佬。直到遇見小林之前，我賺取的工資完全投入自我的再教育。經由一番努力，換來一堆證書和文憑。這些證書顯示我是社會的有用人士，我既現代又文明。哦，我終於能夠出人頭地。

和小林在一起的時候，我把這些證明自己成就的證書，藏在床底下的一個盒子裡。如今搬到新公寓，我特別清出一個抽屜供奉這些證書。我管它叫我的毛主席抽屜，何等莊嚴神聖的抽屜。「五筆輸入法」課程證書，美國現代文學知識證書，開口說「瘋狂英語」證書，駕駛理論證書……全都收存在毛主席抽屜裡。抽屜裡頭還收納著我的電視保險契約，電費帳單，銀行結算單，電話費帳單，還有我的病毒疫苗接種證明書。這個抽屜快滿溢出來了。越來越多的證明書梗塞住毛主席，我已經搖身一變，成爲對現代國家有所貢獻的人物。事實上，這個抽屜對我的公民身分如此重要，一旦北京發生地震，它鐵定是我首要搶救的對象。其他東西像我的微波爐，我的貓熊牌十二吋電視機，三洋DVD放映機，我的電鍋，發出各種聲響的冰箱，甚至我的洛基五號筆記型電腦——它們可以留在原地不管。它們沒有一個重要到無可取代。

毛主席抽屜最重要的一件事，是它將我跟暫時來此居住的那些外地工人劃開一條界線。透過種種自我教育，使我申請到北京永久居留的市民身分。如今我是擁有多樣技能的人才，我希望能藉此一點一滴建立我新家輝煌的聲譽。

不過有一天出事了，我完全失去了對這個接納我的城市的信賴——那一天我才了解到，不管我對它有什麼用處，這個王八蛋城市還是可以將我拒之於門外。那一天發生的事件讓我再度想要逃跑。

事情發生在班首度正式造訪我的公寓。我們整個月都耗在一起，他最多只來過月季園小區的大門口，手捧百合。我們兩個比較喜歡在他的地方共同消磨時光。我喜歡在他的床上醒來，在他特製的鬆餅上倒楓糖漿，那些鬆餅有如潔白柔軟的餐巾，並且聽著他和室友巴頓以英語交談，巴頓正在努力，希望成爲好萊塢的劇本作家。有時班會坐著一邊聽「嗆紅辣椒」的專輯，一邊讀《波士頓環球報》。在那裡每樣事情都溫柔無比。即便連洗衣機的聲音也安靜多了。還有，小林不知道班住在哪裡，所以他沒辦法跑來撒野，讓我們好看。

無論如何，趁班還沒來到我的公寓之前，我想我應該先警告他那些老公雞和老母雞的事情。他怎麼也沒辦法理解，怎麼會有那麼多老人家整天吃飽沒事幹地坐在街頭。

「當你通過大門的時候，」我說，「別看著那些配戴紅臂章的人，就算他們盯著你瞧。別跟任何人打招呼說哈囉。假裝你又聾又瞎就對了。你必須用走的爬上十二樓。你不能搭電梯，因爲管電梯的老母雞會蒐集這棟大樓每一戶人家的情報。」

班不懂，要怎樣才能讓他明白？一個年輕的美國白人，怎麼也無法理解在一棟共產主義的公寓樓房要如何行事才不會惹禍。我設法解釋給他聽。「如果讓他們看見我跟你在一起，他們就會認定我是在當妓女。在他們眼中，中國年輕的女人只有兩種：要嘛是良家婦女，要嘛就是妓女。所以拜託現在不要跟我爭論，用走的上樓就對了。」

我進了電梯。管電梯的老母雞鬼鬼祟祟對我微笑。我恨死她了。她老是一副狡詐的模樣，想要打探這陣子我晚上到底都幾點回家。我永遠搞不懂，怎麼這台破電梯需要二十四小時三個胖女人輪班照管升降。又是一個需要證書的高技術工作。

「今天回來早啊？」那老母雞疑心地斜眼打量我手中的塑膠袋。

我根本受不了回答她的話。我只希望這可憐的破電梯能走快一點。她繼續盯著我的短裙和兩條光裸的腿，就像有一條龍潛伏在我的腳邊。

當我終於脫離電梯，我在樓梯井頂端等候班。他氣喘吁吁，一副氣惱的模樣。

「妳是存心害我心臟病發嗎？」

我豎起一根手指封住嘴唇——我能感應到那些老耳朵和眼睛正環伺著我們兩個。班一定很納悶，怎麼他所認識的那個勇敢無畏的芬芳突然間變得如此膽怯。

我趕緊打開公寓房門，將我天真的外國朋友推進裡面。進了房門，我才感到安全一些。人類需要籠子圍繞保護身軀——好比子宮、住家、靈柩。

班環顧我的四面牆壁。他的目光落在骯髒地毯上成堆的CD、DVD、錄影帶，他興奮地檢視這堆東西。「天哪，我都不曉得妳有如此可觀的電影蒐藏！我們今天待在這裡就好了。我們可以好好輕鬆一番。眞不敢相信。這裡有些影片甚至連美國都還沒有發行。

還有這一片——《巴黎野玫瑰》——我最喜歡的電影之一。嘿，我們先看這一部。」

我贊同。我還沒有看過《巴黎野玫瑰》。

「可是……妳有洗手間嗎？」

班焦急地四下觀望，有如置身蒙古包裡面。

我指了指浴室的門。他進了浴室，門半掩著沒有鎖上。

約翰・藍儂在唱「Lucy in the Sky with Diamonds」，就在此時，門口傳來驚天動地的敲門聲。那不只是敲門而已，簡直像有人要破門而入。我愣住了，動彈不得。我意識到班還在浴室裡，不過那種法西斯的敲門聲——聽起來既威武又權威——我知道我必須去應門。我試著保持鎮定不要驚慌。莫非是警察上門？我可沒做什麼壞事。我不過是在聽「Lucy in the Sky with Diamonds」而已。

開門的時候我直發抖：兩張方臉屬於兩個警察。他們一身標準的警察制服，踩著皮鞋走進房裡。他們對我的公寓做了個三百六十度的掃視：我的廚房，窗簾，席夢思床上空無一人，小小的陽台只有幾株凋萎的植物。浴室的門依舊半掩著，他們沒有打開盤查。我感覺自己快腦溢血了。

「這房子是妳的嗎？」

「是。是我租的。」

「誰允許妳租了？」

「怎麼了？」

「這房子是政府擁有的公房。妳不曉得出租是違法的嗎？」

停頓了一下。不，我不曉得有這種事。

接著他們繼續，有條不紊。

「妳一個人住嗎？」

「是的。」

「眞的嗎？只有妳一個人？怎麼鄰居反映妳不是一個人？」

「這個嘛，有時會有朋友來看我。」

「朋友，嗄？哪一種朋友？」

我沒有回答。

「妳還沒有結婚。因此妳的行爲要像未婚的年輕女孩那樣規矩。妳的鄰居對妳的行爲很看不慣。」

我保持沉默。

「妳是幹嘛的？有證件嗎？」

「我是臨時演員——演戲的。」

我瞥了我的毛主席抽屜一眼。

「演戲的，嗄？把身分證給我看看。」

我衝到毛主席的抽屜翻出我的身分證。約翰・藍儂往下唱到「Strawberry Fields Forever」。我趕緊回到警察身邊——說什麼也不能讓他們往浴室裡瞧。

那警察仔細查驗我的身分證。我還從來沒有買過任何假證件，即便要取得這些假證件容易得很，一些鬼鬼祟祟的男人會在橋下或街角兜攬生意。需要的話，你可以買到牛津大學的碩士文憑，或者哈佛的ＭＢＡ，甚至是殘障證明文件。不過我從不幹這種事，我所有的文件均屬貨眞價實。

其中一個警察說，「妳得跟我們走一趟警察局。」

我眞的差點腦溢血就要當場發作。不過我披上外套，胡亂套上鞋子，便來到門口，將門關上的時候心臟噗通跳著。班還留在浴室裡頭。或許他有偷眼瞧見他們的制服和方頭皮鞋，不過他一定搞不懂這他媽的到底怎麼回事。可憐的外國佬。

他們讓我進了一輛小廂型車，我知道這是軍用吉普。車的後座有個驚恐地抱著條鬈毛小狗的女人。她看起來十分無辜，那隻小狗也是。吉普車駛動，警笛呼嘯，警燈閃動。王八蛋老天爺在上，這就跟電影場景沒有兩樣。我問那個抱狗的女人她出了什麼問題。

「我把整件事說給妳聽，妳一定不會相信。我跟我先生沒有生小孩，所以我們在家裡養了幾條狗，但是只有一隻狗有狗證。我們負擔不起其他狗的狗證。所以他們來人要把這隻狗帶走。我跟他們說這狗是我的命，如果你們要抓牠，就要連我也帶走才行。那警察就說，行，妳就跟我們到警察局來。妳曉得，像我這樣的市民，根本不清楚警察局在哪兒，更不用說被抓進去了。我不敢相信有這種事情發生。妳能想像嗎？」

不，我沒辦法。我替她感到非常難過。

我們一路來到警局。我心裡一直掛念著班，不知道他是否還待在浴室沒出來。我祈禱上帝保佑他沒事。

接下來我就在警局裡坐著，等候盤問。不是只有我一個人。那個違法飼養寵物的女人也在那兒，依舊抱著她可憐的鬈毛小狗。另外還有一個頭髮染過瘦稜稜的漢子。他來自廣東，到了北京之後，始終沒辦法取得臨時暫住證。所以他的罪名是「非法居留」。此外，警局裡還有個中年婦女，一頭凌亂的長髮有如野狼。她不肯好好坐著，不斷地大聲嚷嚷。她吼說她沒犯罪，她沒有偷任何東西。然而就我們看來，她應該是個罪犯沒錯——那應該是她自己的過失。她這麼叫啊嚷的，到後來我們簡直恨不得他們趕緊把她宰了。

警察將我們分開，用搖晃不穩的桌椅隔著。房間裡沒有任何其他東西。沒有月曆，沒有晚報，沒有東西可以轉移我們的注意力，我們只能一心苦惱著接下來的命運。眼睛唯一看得見的，只有走道對面的辦公室。那裡坐著一個警察，面向我們，看著新聞報導。我們看不到電視機，只聽得到微弱模糊的聲音。另一個警察進來倒了點茶水。一個鐘頭過去了，接著又一個鐘頭。如果這些傢伙眞的那麼有權力，怎麼操他媽的不趕緊把事情處理好？

現在已經晚上十點了，還是沒有警察過來審問我們。我開始自我反省這一生做過的錯事，然而想得起來的罪過實在不值一提。念中學時有次考試我偷偷夾帶小抄。在戲院工作時，有次在座位底下找到一枚金戒指，我承認我自己留了起來。我也撿了本英語詞典佔爲己有。不過我幹這件壞事是爲了自我教育，所以這能算數嗎？哦對了，我還撿過一支手機。不過我眞的有把它交給老闆處理，我確定。還有，我交過男朋友，不過我可沒有介入破壞別人的婚姻。那麼，我有做其他什麼錯事，我想不透，我還犯了什麼罪呢？王八蛋老天爺在上，操他媽的我怎麼會落到被抓進警察局這種下場？

我們漫無止境且無助的等待，繼續耗著。到了這個地步，那個染金髮、沒有北京暫住證的廣東仔已經失去耐性了。顯然他工作的髮廊老闆不會來幫他辦理保釋。他開始喃喃自語說要回家——對農民來說，「家」意指「家鄉」。他說他要放棄北京生活，等出了這裡就要回老家種田。那胖女人已經停止尖叫，換成一副看起來最不舒服的姿勢。就像沙灘擱淺的鯨魚，披頭散髮的就像漁網罩頂。那隻沒有狗證的鬈毛狗已經被關進籠子。

牠發出哀鳴，扒著鐵絲網，無助地狂吠。牠的主人殷殷哀求警察放牠出來，不過一點用處也沒有。

到了午夜警察才叫我。他寫下我所有證書的號碼，嚴厲地質問我交了幾個男友。難道我不曉得自己婚前這種行爲嚴重違反道德？他寫了一堆鄰居對我的投訴，說我一直帶外國人回住處。他命令我即刻搬離現在的住所，隔天就搬。如果不搬的話，一切後果自行負責。最後這句話眞的打醒了我，顯示出北京可怕的法制力量。

在我離開警察局之後，才知道究竟發生了什麼事情。步出外面，我聽見一個警察對另一個說道，「所以，她跟那件超市謀殺案沒有任何關聯。」另一個警察靠過來透露什麼陰謀似地說。「別擔心，反正她活該，她也不是什麼正經貨。那個女孩子。太過個人主義作風。」

從警局裡面傳出警犬吠叫的聲音。我轉身背對那代表道德、權力和行爲指南的地方。

因爲我是那幫倒楣的罪犯當中第一個被釋放的，我被迫替難友做一些事情。一旦到了外頭，我得打幾通電話。他們給我電話號碼和潦草匆促的訊息，寫在香菸盒撕下來的紙頭上。帶狗的女人要我捎訊息給她母親說：

打電話給獸醫王大夫。

金髮、沒有臨時暫住證的廣東仔寫道：

張先生，請速來。

我沒有拿到滿頭亂髮的胖女人的字條。離開警局時，警察已將她移送到別的地方去了。這下子不知道她得在牢籠裡蹲上幾個月了。

穿上我的鞋子和外套，肩上背負著法制的恐懼，我回家了。我打開家門，房間看起來一切如常，跟我被警察帶走時沒有兩樣，除了班留下的一張字條：

芬芳，妳還好嗎？？打電話給我！我得跟妳討論一下未來的事情。我已經決定要回家了，否則沒辦法完成我的博士學位。我後天搭飛機回麻州。

然而，我沒有打電話。那又有什麼意義？我坐在髒地毯上看《巴黎野玫瑰》。非常哀傷的電影。我隔天都還說不出話來。

斷片六

電話並非來自灰子，而是來自一個三流的老導演

早上八點鐘突然醒了。我想要繼續睡，睡到十點，甚至十一點。只要我想睡的話，就能繼續睡下去。這個社會不需要我起身做出什麼重大的犧牲奉獻。就在半清醒狀態下，我知道我的耳膜正受到來自對面高樓響亮且持續的聲音的騷擾。

要是你腦中浮現的是垃圾山的畫面，我得提醒你這不是在月季園小區。自從跟班發生過那次事件之後，我便搬到朝陽公園附近的商業大廈。一棟全新的摩天大樓，居委會也是全新的。對面的老頭大清早就起床吊嗓子練京劇，手裡還捧著散頁樂譜。該死的咿呀呀。冗長的聲音沒完沒了——像刺耳的鬧鐘一樣，把我從睡夢中催醒。哦，閉嘴！

我睡眼惺忪看向窗外。沒有絲毫跡象顯示天空蔚藍或者陽光普照。王八蛋老天爺在上，到底有什麼該死的理由叫我在北京的寒冬爬出被窩？有一部分的我想著自己應該起床擁抱一天的到來，不過更大部分的我一心只想爬回漫漫長夜。

電話鈴聲響了又響。我躺在被窩裡盤算著，這麼一大清早的，到底是誰找我。不會是班。班總是打我的手機，而且無論如何，我知道他一定在看波士頓紅襪隊出戰世界大賽。近來他的伊媚兒和電話裡談的都是波士頓紅襪隊和他們的戰績。他似乎沒辦法理解紅襪隊和世界大賽距離我究竟有多麼遙遠。那不只是相隔一萬八千里而已。而是我壓根兒就搞不清楚棒球長什麼樣子。它的大小像乒乓球還是排球？我半點概念也沒有。紅襪隊提醒我跟班之間的鴻溝，我們的生活經驗相去何等遙遠。紅襪隊眞是令我沮喪。

電話鈴聲不肯放我一馬。那不可能是我遠方的班，而且這時候太早了，也不可能是小林打來的騷擾電話。小林探聽到我公寓的電話，有時候晚上無聊會一直打來。那就好像他的用意只是想讓我地板上的電話有點生氣。但是我不認爲小林會早上起床就先來這麼一手。大清早起床就爲了惹人厭，實在是太蠢了。

電話約莫安靜了一分鐘，然後又開始響了。

我心想這可能是灰子打來的。自從班離開之後，他的室友巴頓和我的朋友灰子變成我唯一可以講話的人。奇怪的是，他們兩個都是幹編劇的，不過也只有這一點相同而已。灰子寫的電影太高調，永遠通不過審查，所以他幫忙寫電視腳本餬口。我們就是這樣認識的。他幫一齣叫《城市義探》的戲寫了幾集劇本，我在裡面演一個「警方搜捕行動中受到驚嚇的女孩子」，他很欣賞我摔倒在地的表演方式。灰子對於小角色有獨到的看法。他相信支撐一個故事的便是眾多的配角，配角賦予故事靈魂和實體。我很喜歡聽他講這一套道理。灰子跟我意見相左的地方在於對老人的看法。他老愛聽他們在街頭天南地北鬧扯。他說他竊取了他們談話當中最佳的部分，直接寫入腳本當中。我沒有告訴灰子，自己有多麼討厭那些老母雞和老公雞。灰子或許竊取了他們的談話，不過我卻只感受到這些老傢伙偷走了我的生活。對我而言，就是這些老傢伙必須對中國發生的狗屎玩意兒擔負全責。

灰子常常跟我提起詩人海子（查海生）的事情。這位北京詩人寫了一首灰子最喜歡的詩，詩名《面朝大海，春暖花開》。他跟我說，這位詩人一九八九年臥軌自殺，就在長城山海關那一截旁邊。灰子經常念這首詩，搞得我都能背下第一段的幾句詩來：

從明天起，做一個幸福的人
餵馬，劈柴，周遊世界
從明天起，關心糧食和蔬菜
我有一所房子，面朝大海，春暖花開

我也想做一個幸福的人。餵馬，劈柴，周遊世界，關心我的健康，多吃蔬菜。我想要住一所面朝大海的房子，感受春暖花開。不過我並沒有爲這目標付出努力。事實上，我幾乎無所作爲，自從來到北京，我沒有讓自己的生活更加幸福安樂。我只是任憑自己在這擁擠痛苦的城市四處漂流，沒能找到安身立命的所在。也許我永遠無緣在春暖花開當中佇立，面朝大海。或許我也該找個山口臥軌結束自己的生命。操他媽的。

躺在床上聽著電話鈴聲，詩人悲劇的故事在我腦中盤旋。海子死的時候相當年輕——才二十五歲而已。那是春天時節，就在天安門廣場的示威運動發生之前。如果沒有自殺的話，或許他會成為學生領袖，對抗武裝軍隊。那麼他將會像一個真正的英雄那樣慷慨犧牲。

無論如何，灰子告訴我，醫生驗屍時發現，詩人的胃裡只有半顆橘子。半顆橘子，王八蛋老天爺在上！那就是詩人自殺當天唯一進食的東西。霎時我心中升起罪惡感。我感到我的人生跟蟲子沒有兩樣。缺乏靈魂。跟詩人相比，我簡直毫無用處可言。就跟薑丘村那些碌碌無為的人一樣。腦中漫無思緒，我決定如果電話再響一分鐘，我就接起它。可能是灰子打來的。不過轉念一想——灰子幾乎從不打給人。他不會介入朋友的生活細節。他人很孤僻，像一座要塞一樣嚴密。他剪短的平頭和文雅的舉止使他帶有佛教徒的味道。灰子會說，過去事不用回頭望。凡事無須追悔。即使眼前一片空無，絕對不用回頭望。

我心中緊念這些話語。我倚靠它們為我帶來力量。

我往被窩裡鑽得更深，我可以再賴床四個鐘頭，迷迷糊糊聽著該死的電話鈴聲繼續鬧人，不過我強迫自己有條理地思索。會是誰打來的電話？⑴鐵定不會是灰子。他不是那種早起的人。他不睡到兩位數的時間是不會起床的，而且，不管怎樣，我就是沒辦法想像，他當眞起床的話，會立刻拿起電話打給人閒聊。不可能，他會靜靜坐著，慢慢點起一天當中的第一根菸。⑵巴頓？可是這會兒他不在城裡。⑶打錯電話？⑷房東來收房租？⑸物業部的來收瓦斯費或水費或電費或電視收視費？操，該死的電話響個沒完沒了。我掀開棉被，一絲不掛鑽了出來衝到電話旁，坐在地板上，終於接起電話。

「哈囉？哈囉？」

結果不是我心愛的班，不是火爆的小林，甚至不是發人省思的灰子。那是某個沒有名氣的三流導演。

「芬芳，妳好嗎？我是三流老導演，妳叫我老三就行。」

「哦，你好，老三。」

中國掌管電影和電視產業的機構死板地將導演區分成四個等級：第一級、第二級、第三級和第四級。但是不怕丟臉在名片上大剌剌印上第四級導演的人物，我至今還未曾見過。

「我在北京電影製片廠的檔案庫裡查到妳的個人資料，嗯，我認爲妳非常適合我的影片。妳明天能過來加入我們嗎？妳只要到製片廠大門口，嗯，跟其他的臨時演員一起等候大巴士……」

等等等等。我拽著話筒貼近耳朵。

「你是什麼意思？這是什麼角色，演女主角嗎？或女二角，還是什麼？」

老三說，你可以自己選擇看要演眾多女性角色當中的哪一個。他的電影基本架構是公元兩千年在紫禁城舉行的一場集團結婚；總共有兩千對新人參加。電影講述的是這兩千對新婚男女當中的一對，和眾人一起走過紅毯，迎向新紀元、新世紀的曙光。然而，他需要其他一千九百九十九對新人演出陪襯的角色。

「好，我懂了。」

我想掛斷電話。公寓裡只有四度左右，我什麼都沒穿，牙齒冷得打顫。此外，我猜想得出來老三的用意。演出過幾百個過場角色，這一套我早就司空見慣。這一回也不會有什麼區別。他又再度開口，我客氣地插話。

「老三，不好意思打斷你，不過我再回你電話好嗎？我現在身上沒穿衣服，冷死了。」

「怎麼了？妳沒穿衣服？」

「對，我沒穿衣服，冷得很。」

老三再度重複我的話語，他的聲音變得短促，就像一個酒鬼在飛機上被安全帶牢牢綁住，忽然瞥見空中小姐推著飲料車走過來的樣子。

「妳現在身上什麼也沒穿？妳光溜溜的？」停頓了一下。「其實呢，想到這個，我正在找人來演女性三百號這個配角。她需要個子挺高的，不過我看妳的簡歷上面寫說妳有一米六八，相片看起來也瘦瘦的，而且妳現在電話裡什麼也沒穿，嗯……」

妳現在電話裡什麼也沒穿？這是哪門子怪物？不過談話繼續，我並沒有掛斷電話，只是這會兒我已經渾身雞皮疙瘩。

老三繼續向我介紹他正尋找的那個配角的細節。女性三百號是個高個兒、漂漂亮亮的女孩子，打算在大規模的集團結婚中嫁給一個小矮子（身高一米四）。每個人都認爲她瘋了，不過她確信自己找到了眞愛。這部電影會爲他倆的關係描繪一幅柔情的圖像。他再三向我保證，那個小矮個兒會像公主一樣對待他的新娘子。

「怎麼樣，芬芳，妳可有興趣，嗯？」

「唔……唔……唔。」

我唔了三聲。我們現在講的是什麼狀況？一個矮小醜陋的農民湯姆・克魯斯想娶中國的妮可・基嫚？

「這個女的需要講台詞嗎？」我問。

「不用，不用，芬芳，有布景、畫面、戲服，嗯？場面已經夠豐富生動，不用任何台詞，就能表達這兩個角色之間的愛情……」

「唔。好的。謝謝你，老三，我明天會到。」

我掛斷電話。放下話筒時，仍然可以聽見他渴望的聲音。「喂？喂？」那聲音聽起來有如他還想繼續討論我沒穿衣服這件事。

這時候，我已經冷得鼻涕直流。我鑽回被窩躺在裡面，希望吸取殘夜的餘溫。不過幾分鐘後，顯然即使在被窩當中，我也已經不可能再度溫暖起來。我起床，穿上衣服。我不敢刷牙，生怕寶貴的體溫從我嘴裡逃逸。我找出一包泡麵，打算使自己暖和起來。

泡麵包裝盒上寫著：**UFO，飛碟炒麵，日本日清食品公司**。

飛碟炒麵。我的心一下子揪緊起來——我記得飛碟炒麵。我記得，不過是從誰那兒知道的？不是小林就是班。他們其中一個有次對我說過，「全世界我最喜歡的速食就是飛碟炒麵。」不過究竟是哪一個？我想不起來了。操，是小林還是班？我知道一定是他們其中一個，不過那句話是在床上說的，在深沉幽暗的冬夜裡頭，那時我們兩個餓著肚子，店家都關門了。不過到底是誰？

飛碟炒麵。飛碟炒麵。王八蛋老天爺在上，只要能讓我想起是誰，我寧可出讓我全部最好的DVD。

我坐在那裡瞪著那盒泡麵。我怎麼就這樣在一個冰冷城市的冰冷寒冬早晨接到一個電話要求我演出一個侏儒的新娘？我怎麼就坐在一棟商業大廈三一五號公寓的地板上而想不起來自己怎會走到這地步？

幾分鐘後我掀開鍋蓋，看著麵條滑入燒滾的水泡中。就像我無用的記憶浮盪在腦袋裡。我將飛碟炒麵倒入碗中。等到準備要吃的時候，王八蛋老天爺在上，麵已經涼了。

斷片七

任何中國地圖都找不到芬芳老家的村子

我一直想要離開我老家的村子，一個鳥不生蛋的地方，任何中國地圖上都找不到這個村子。從很小的年紀開始我就計畫逃離此地。出走的原因起自我們家後面的一條河。它不厭其煩的流淌聲誘引著我。我看不見河水流過來的源頭，也看不到流去的盡頭。它就這麼無盡地奔流。河水流向何方？燒灼的高溫下，它爲何不像其他東西一樣乾涸呢？

唯一肯和我談話的只有河水。我的父母親總是一言不發。我家是一處沉默的所在，就像黑色土壤中番薯無聲地茁長、消亡。那片廣袤靜默的土地像堵牆般，包圍著我們的村落。它們綿延橫亙周遭的丘陵探向遠方——放眼盡頭全是番薯田。只有河流發出聲響，只有河流與我爲伴——然而，即便如此，我卻無法與它親近。

我總愛想像河流的源頭。遙遠的某處有個隱密的山洞，住著美麗的仙女。從那裡，河水湧出流經我們的世界，流向另一片世界，一個接近天堂的神祕所在，住著一些幸運的人，或者可能住著動物——比方說狐狸，或是兔子、貓頭鷹，甚至獨角獸。不管那是什麼地方，都不是我們村人得緣一窺究竟的天地。

十七歲的時候，我終於永遠離開那個鳥不生蛋的地方。眞是感謝了，王八蛋老天爺在上。那一天所有的細節至今歷歷在目：晴空無遮，和風輕拂，無垠的、雜亂的番薯田，靜默的小村落在我逃離的心中烙上印記。

那天清早醒來，打開床頭那扇嘎吱作響的木窗。我可以看見山頭默默綿延雜湊的番薯田，灰黑的天空開始微亮，青與黑消褪成白色。溫度已經上升在那種高溫之下，薑丘村靜默，一成不變。沉沉的重壓令它幾乎窒息，沒有辦法喘氣。那種高溫會使人融化。像冰山一樣，我怕死了那種高溫。

透過窗櫺，我可以清楚看見每一株作物的每一片番薯葉。每一片葉子都是每一個昨天在風中抖動的葉子。每一片雲彩都是去年流淌過空中的雲彩。一切無所變化，也無力變化。世界在我眼前凍結，宛如困在相框當中的家庭合照。打從出生起，這片景物便如此囚禁著我。

我坐在水井邊梳頭髮——典型農家女孩的頭髮，像稻繩一樣又粗又硬。我打從心裡討厭它。每次一梳起頭髮，腦中便浮現田裡無從消滅的雜草——那種雜草，每逢春天農家拚命想要剷除，卻無可避免地一再重生。雜草就像鄉村裡這樣那樣的生命，沒有人注意到它們如何生長，如何死去，沒有人在意它們的歡樂和悲傷。或許那便是它們如此強壯的原因，頑固地向炙熱的陽光茁長。我的頭髮也一樣頑固，不計任何原因地強韌。我坐在水井邊，潑了些水將頭髮打濕，免得自己被白花花的陽光烤得自燃起來。

我看向院子，母親和一群中年婦女坐在那裡……媽媽，婆婆，阿姨，姐妹。我看不清哪個是自己的母親，但我知道她在那裡：她總是坐在相同的位置。那個位置使母親能清晰地看見我祖母勞動的那片番薯地。那些女人坐著，用曬乾的番薯藤編那永遠也編織不完的籮筐。土院子裡那些纏繞的番薯藤將這些女人永久地鉤在一塊。

那我父親呢？不在家。我想我們皆對根莖作物感到無比的厭倦。他離開村子，當一名推銷員：塑膠臉盆，杯子，掛衣鉤，掃帚，槌子，手巾，螺絲起子，各種東西應有盡有。

母親以空茫的神情望著番薯地，她看父親時也是這般表情。常常我會問她在看些什麼，而她會說，「番薯。這幾天我們得把番薯藤割了餵豬吃」，或者「該是時候了，把番薯葉搗碎揉進麵粉，準備清明節蒸青團」。

我母親也像一顆番薯，深陷田裡，等待清明節可期的紛紛雨絲。

你已經看出我要出走的原因了嗎？那些田地迫我處於屈服的邊緣。

除了番薯之外，這村子裡稱得上跟精神生活有關的東西，只有一台晃動的電視機和一本小說。電視機放在村長家，但它屬於眾人所有。每個人都可以到村長家看電視。我第一次看見那本小說，是在春節跟母親到鄰居家拜訪時。一本皺巴巴翻舊了的《萍蹤俠影》——一本武俠小說。第二年春節時，我發現這本書到了另外一家的飯桌邊，封面早已不知去向，書裡的段落被人家用筆圈圈點點。這本書可能被村子裡每個識字的人鑽研過——它就像小地方的百科全書。

一個孤寂小村落的日常慣習對其居民生活的支配力量，要比帝國朝廷強大有效。千年來，人們的生活作息一成不變。在我們村落，情況好比如此：如果你在凌晨四點聽到後院公雞五聲雞鳴，那麼你便可準確無誤地知道明天同一時間同一隻公雞會發出同樣頻率的啼叫聲，公雞一旦開始學會啼叫，往後便會日日準時報晨。

或者說，有一天下午，太陽落到山坳裡的那一刻，你看見一個老頭扛著一把老鋤頭走過田壟，咳嗽兩聲後吐了一口痰，那麼，等著瞧好了，因爲隔天下午，當疲困的太陽落入該死的山坳，你會看見同一個老頭扛著同一把鋤頭慢慢走過田壟。同樣地，不多不少，他會咳嗽兩聲，再吐一口痰。每次聽到這種咳嗽，我就想乾脆死掉算了。你看，我的祖輩們日復一日在那些田裡耕種，然後隨便選擇某一個日子老死。有一天他們對自己說：我今天會死。然後他們就死了，有如根本未曾活過。他們死去有如螞蟻死去。該死的有誰會在意一隻螞蟻的死亡呢？

離家的那一天，我在屋子裡走來走去，不知道怎樣才能使自己定下心來。我倚靠門邊，望著那曾經站在此處望過千遍的土院子。幾隻雞不停來回揮動脖子，永不疲倦地啄食地面。瘦瘦的灰兔子漫無目標地四下蹦跳。就在門外有一株可憐的、奄奄一息的山茶，每次看見都引人生起絕望之情。

拖出塞在床底下的手提箱，那是父親上次回家沒帶走的箱子。裡面有一支圓珠筆，一包空菸盒，還有一團塵埃，來自遠方某個父親造訪過然而無從想像的地方。我放進自己的一套衣服、梳子、髮夾、筆記本（封面上頭有毛主席的話「努力學習」），還有一點點錢。我闔上手提箱。接著拾起大概是父親抽空的菸盒，拿著父親曾經用過的筆，在菸紙上寫下：

阿媽，

我想去外面闖闖看，找份工作。

女兒芬芳敬上

我把香菸紙放在飯桌上，用一口藍釉花碗翻過來扣住。然後便拎起箱子走出家門，嘎吱嘎吱踩過乾枯的落葉。我的腳步如此迫不及待，手中的箱子如此輕便，就好像我之前已經演練過上百次。山丘，田地，水井，河流——我看著這些離我而去的東西，此刻它們已經成爲追憶。

斷片八

芬芳被一片碎玻璃割傷並想起了小林

眼睛朝下看著我的手，滿是鮮血。指頭有處割傷。血流成這樣，一定早在我意識到之前，便已經流了好一陣子。早上我多半拖著身體在臥室裡走來走去，聽林憶蓮的CD唱著《愛上一個不回家的人》，趿著拖鞋磨著地毯，不停地來回踱步，心裡轉動念頭，想說這一天該怎麼打發。我知道手指頭割傷了，但也沒有特別在意。我身體老是這裡痛那裡疼的。有時候頭痛，有時候牙痛或下巴肌肉痛，有時候我的闌尾會連續痛個幾天。經痛疼起來的時候也是厲害得很。我的身體老是出狀況。痛的時候，我會喝一杯熱咖啡等疼痛自己紓解。

突然想要補充點營養，我走進廚房，打開冰箱拿出一顆小番茄。手碰到番茄時，一定抹上了我的血液，不過番茄本身就是紅色的，所以我也沒有多加留意。我走回臥室，心裡想說這番茄已經熟透了，咬下去汁液橫流，沾濕了我的下巴和手指。我坐在電腦前打算寫一封伊媚兒。手一碰上，才發現鍵盤是濕的，沾染著奇異的類似理想體溫的液體。這時我才低頭仔細查看，發現割傷的指頭流著鮮血。

王先生你好：

感謝你的詢問。很高興你喜歡我在電影《集團婚禮》裡面飾演女性三百號的演出，你能在兩千位新娘的名單當中設法找到我的名字，真是令人感動。

我很樂意接下在月台等候的女人的角色，屆時我會依約到達片場。

芬芳敬上

我打完這封信然後起身。我知道這處割傷從何而來——一片碎玻璃就戳在我的指頭上。一個禮拜前，我的公寓裡四處都是玻璃，鋒利的碎片深深插進地毯。耳中依舊可以聽見小林的吼叫。他站在我的公寓中央，像瘋子一樣語無倫次地重複：「妳爲什麼不接電話妳是不是跟別的男人出去你們是不是一起睡覺我不在乎如果事情已經結束我還是愛著妳我不會讓妳擁有新的生活妳不會快樂我不快樂所以妳也不會快樂我們大家要毀滅就一起毀滅。」

過了半晌，我有話不吐不快。

「王八蛋老天爺在上，小林，我想把事情做個了斷。你得去找個人來看看病，你這笨蛋，你要去看醫生或是心理醫生，一定要去。你不能把你的人生建築在我的痛苦之上。不是只有你受到傷害而已，知道嗎。只要結束關係，每個人都會受傷。你沒有比別人悲慘，我也沒有比別人殘忍。我只是先把問題攤開來而已……」

小林聽了更是火大。他的眼睛梭巡整個房間，我看得出來他想要動粗。他的目光落在我軍綠色的帆布椅上。那是一把導演椅，正如電影劇組的人如此稱呼，摺疊式的，便於攜帶。我想這和我的生活很相配，當我想要搬家時便於摺疊攜帶。

猛然間，那把導演椅化爲一團模糊的軍綠帆布，直直朝我飛越而來。椅子在半空中被天花板垂掛的吊燈絆住了。整個房間閃爍，華麗的玻璃碎片在空中狂舞。然後破裂的椅子躺在地上。幾秒鐘內一切結束，只剩狼藉的玻璃碎片閃爍地躺在我的床上、我的桌上、我的書本和我的地毯上。小林後退站在那裡，欣賞他的傑作。

「這就是妳離開我的代價，」他說，然後走了出去。哦，我眞想叫他去死算了。

接下來花了兩天的時間，我匍匐在地毯上，抖落絨被，掃除一場糊塗的家具表面，清理玻璃華麗狂舞派對的殘餘。我的腳底頻頻刺破出血。舊的碎片拔了出來，新的碎片又插了進去。

就在這當中的一天，我正拔除左腳足弓的玻璃片時，接到班的來電。

「嗨，芬芳，妳好嗎？現在波士頓這裡是晚上十一點，我已經準備上床了。妳在做些什麼？」

我手握著電話，端詳著剛從腳上拔除的碎玻璃。它在我手機的光照下閃耀生輝。

「班，」我說，「我正在收拾我的公寓。你打來的時候我正在清理地毯。」

他的聲音浮現。「芬芬，我好想妳。」

我掛斷電話，木然安靜地坐在房間裡，我的腳擱在地毯橫插的玻璃片上。我忍不住想大哭一場，不過一個人哭實在沒有意思，最好是找個男人的肩膀讓我來痛哭一場。

斷片九

芬芳坐在游泳池畔但沒有下水

我沒有去過撒哈拉沙漠，不過想來那地方和北京的夏天恐怕也相去不遠。下午兩點，公寓裡的空氣悶熱，令人窒息。房間裡的水氣早在幾個禮拜前便已蒸發殆盡。我躺在床上，身體枯萎，眼睛幾乎難得睜開，橙色窗簾濾透模糊的陽光，有本書在我手中。舉手一看，原來是本皺巴巴的卡夫卡傳記。

穿透嚴實闔緊的窗戶，市聲依舊清晰可聞。我可以辨認種種細節，有女人在街頭吵架，有小販敲打手中的器皿叫賣，有嬰兒沒完沒了的哭泣，幾個孩子玩著電視遊樂器。這些聲音令人精疲力竭。我沒有辦法面對這樣的日子，我缺乏精力。每次外出到街上，我總是發現其他人活得起勁又快活。他們十足相信自己的生活，而我總是飄忽不定，什麼也沒辦法相信。我時常想起灰子最喜歡的詩，《面朝大海，春暖花開》，詩的第二段寫道：

> 從明天起，和每一個親人通信

告訴他們我的幸福
那幸福的閃電告訴我的
我將告訴每一個人
給每一條河每一座山取一個溫暖的名字

面朝大海，春暖花開，然而唯獨從明天起。明天，明天，所有一切都要從明天開始。那麼今天又將如何度過？

床單整片汗濕。我需要逃離這沒精打采的公寓。我決定上游泳池去。終於離開床鋪，赤腳走過去從一堆髒衣物中找出一件洋裝。那衣服色澤暗淡、消褪，不是什麼刺激的款式。我拿出蘋果綠的泳衣和一副蛙鏡，胡亂塞進袋子，走出家門。

街上車水馬龍。中國被視爲第三世界國家，北京城卻處處塞車，這現象可眞荒謬。不管是早上、下午，還是半夜，舉目盡是一片車海，卡車、麵包車、小轎車——綠色的國營計程車、擁擠的迷你巴士、棕褐色皮革內裝的私家車，後座載著小狗。不過北京不僅處處車潮，它還是煙霧之城，一座菸槍的大城。人們擔心罹癌，卻依舊改不了吞雲吐霧——有些是主動吸菸，更多是被迫吸二手菸。你從北太平莊走到和平街北口，沿途好比吸了兩包駱駝牌香菸。計程車司機疾馳兜過街角時，你吸了他的煙霧，地方黨部領導人在會議上維護秩序時，你吸了他的煙霧，不管妳的男友愛妳與否，妳也吸了他的煙霧。國產菸，外國菸，假菸。北京城籠罩在永恆的煙霧當中。

戶外的新鮮空氣或許實際上並不存在，不過至少我正動身前往游泳池。揮手攔下一部計程車，坐了進去。從司機的後視鏡瞥了自己一眼，我注意到我的嘴唇乾燥沒有光澤，膚色暗沉，斑斑點點。一個這副德性的女人不用妄想替這城市增添色彩。不管在酒吧或咖啡館裡枯坐多久，她會發現，即便是最無聊的王八蛋都不可能找她搭訕。

我們駛抵泳池，我感到寬懷。這裡面沒有太多競爭。有的只是千篇一律的屁股和大腿。游泳池是處逃避的場所，鬆弛的軀體在池水裡起起伏伏，一百公尺來來回回。上上下下這般努力，身上依舊沒有值得誇耀的成果。

進到女更衣室，我開始脫衣服。周遭盡是女人喜怒哀樂的嘮叨。

「我兒子就像他父親，」有個女的說，黃色比基尼緊貼她鼓脹的贅肉。皮膚有如乾涸的魚，鱗片剝落，尚未醃漬。「他從不替我著想，我又能怎麼辦？他成天只想開著車子，四處遊蕩，就跟他父親一樣。在家的時候就是玩那些電腦遊戲。孩子不愛他媽媽，你又能怎麼辦？他應該站在我這邊，護著我。我先生要是有外遇怎麼辦？我兒子只會站在他那邊，到時候我一切都會落空……」

她旁邊穿紅色泳衣的同樣聒噪。「我那王八蛋不信任我，到處跟蹤我。我去 Gap 試衣服，突然間他就出現。我去壽司吧喝味噌湯，他就跟在我旁邊。所以我才躲到游泳池，來這更衣室。這裡他總不能跟進來了吧。如果他敢的話，變態狂，我就大聲喊人……」

不過還是那個上身穿黑色比基尼腰間圍著浴巾的女人將她們全部打敗。「如果難過想哭，我就到游泳池來，因爲在家哭的話，我會哭個三天三夜收不住眼淚，我會沮喪到受不了吞下一大把安眠藥，或者開車往東到海邊直直開進海裡，或者走上斷崖。所以我換成來這裡，反正那麼多水可以讓我盡情哭個夠……」

這些情感有如水桶盛裝般，直往更衣室的地板傾倒。種種傷心沖進霉舊的排水管。我換上蘋果綠泳衣，走向泳池。可以聽見池水拍打磁磚鋪面的池岸。

泳池裡滿滿是人。我坐在池邊，兩腿探入池水，眼睛盯著那形狀不定的藍色池水。各種人聲在耳中回響，人們拉高嗓門好壓過小孩水花潑濺的聲音。池水溫暖。我開始感到舒緩，幾乎是滿足。每次來到泳池，我總會升起這股情緒。周遭的陌生人令我感覺親近。我喜歡想像他們來到這裡也是爲了和我相同的理由。他們一樣逃離令人窒息的公寓，躲避家庭紛爭和無處不在的敵人，逃避拒絕和得不到回報的愛情。池水形同一種擁抱，一種安慰。人們感受到它的祝福。我會仔細觀察那些泳客，確信他們在池水環抱的波動和追逐中獲得平靜。然而唯一的缺憾是什麼？我依舊不會游泳。

我看著那些男人。中年發福、開始順其自然的男人；年輕的、迫不及待要長大成人的男人；開始注意周遭女人胸脯在水中浮沉的小男孩。腳底下的藍色水池教我想起了子宮——溫暖、寧靜、安全。永不背叛其中寄居的子民。

一個體魄有如希臘雕像般的男人將自己撐離水面，坐在我身旁的池邊。水珠綴滿他的胸膛和大腿。他的臉龐線條分明、優美。起先他看著水面，然後眼神飄向我。我們目光交接。我的頭髮是乾的，皮膚是乾的，我的蘋果綠泳衣也是乾的。在他眼中，我一定十分詭異。很快的我們都把目光投向池水。

卡夫卡說，如果你不是一個生機勃勃的人，那麼請你用一隻手阻擋籠罩著你命運的陰雲，用另一隻手記錄下你在廢墟中所看到的一切。我想起以前寫下的日記。眞希望我仍然保有它，那麼此刻就有滿滿的思緒可供回顧。不過跟小林在一起之後，我停止記錄。他把我的日記當成晚報消息，每當無聊時便隨手翻閱，尋找各種故事。所以我把自身眞實的想法、慾望和夢想深藏在心中。我變成一個十分善於隱藏自身情感的人。或許那就是人們認爲我沒有心肝的原因。顯然我臉上往往只有空白的表情。灰子，我最具知識分子傾向的朋友會說，「芬芳，妳有一張後現代女性的臉。」

斷片十

芬芳得知田納西・威廉斯二三事

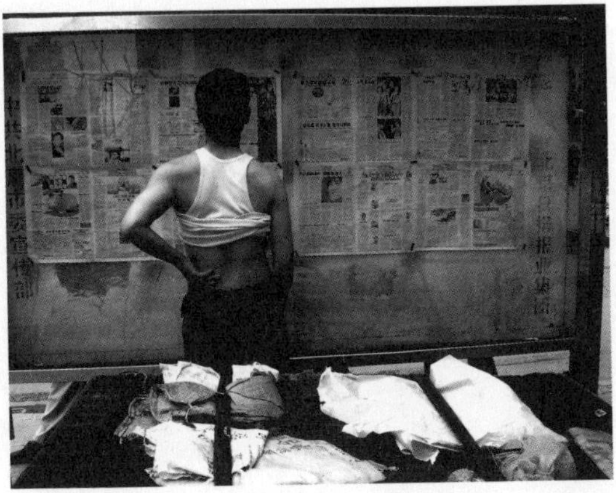

七點十分剛入夜，太陽沉入一座水泥大樓後頭。我關掉筆記型電腦，開始繞著地毯轉圈。留在家裡睡覺？外出冒險？吃點東西？我看著電話。它默不作聲，正如我演的角色一聲不響。我發現自己站在廚房。冰箱裡還有一瓶長城紅酒。我倒進酒杯，但剩酒不夠倒滿一杯。霎時間我想要更多，更多。廚房桌上還有兩支酒瓶：千禧乾紅和龍徽乾白。裡頭幾乎都已經空了。我將剩下的殘酒往杯裡倒，混在一起宛如蔬菜湯一般。我呷了一口，又是一口。好可怕的味道，像過期的蘋果汁。

灰子有次告訴我，當一個年輕人開始喝酒，那就是他變老的徵兆。

心裡正想著灰子有多聰明時，電話響了。我接起電話。沒唬人，竟然是灰子打來的。

「芬芳，嘿，妳躲到哪兒去了？我們挺想妳的。」

「有嗎？」

「當然。妳現在在幹嘛？」

「我？沒幹嘛，我什麼事也沒做。我剛要開始喝酒，或許這樣能幫助我入眠。你知道我已經好幾天都睡不著了。我只有在早上大家上班時才能設法入睡。眞希望我跟其他人一樣體內有個時鐘……」

「好了，芬芳，別喝了。聽我說，我剛剛寫完一齣電視劇的劇本——總共二十集。他們說我可以推薦幾個女演員給導演，我就想到了妳。我現在正跟導演在一起吃晚飯，妳馬上坐計程車趕過來。我們在海淀北醫三院孫悅餃子館。動作快一點！我會幫妳付車資。」

滿口稱謝掛上電話，我動作迅速，換上體面有生氣的行頭。一件韓國 TB_2 的裙子，Double Love 的緊身上衣，一雙我未曾打算穿著走路超過十分鐘的高跟鞋。我還把頭髮紮成馬尾，看起來就像新世代的女性。這個電視導演一眼就會相信我是他需要的女演員。幾分鐘後，我已經坐上計程車前往孫悅餃子館。我利用車子的後視鏡在臉頰上撲粉，畫了口紅，描好眼影。我看起來嬌豔欲滴，像待人摘取的蜜桃。

計程車來到餃子館，灰子一個人坐在那裡，四大盤餃子擺在他面前的桌上冒著熱氣，他盯著那些餃子發呆。

「導演在哪兒？你不是說他要跟你一起挑選演員？」

灰子看著我。「他剛走，就一分鐘前的事情。我很抱歉。他連劇本的錢都沒有給我。」

「什麼？」我不能相信自己這樣幸運。我坐上灰子對面的空位。猶有餘溫。

「事情有點複雜，」灰子說。「我們十分鐘前剛點好這些餃子，然後導演的電話就響了，是他的製片。製片說他們的投資者，某個有錢的股票大亨，昨晚被人殺了。警方說是謀殺案。製片昨晚剛好去他家想拿第一筆拍攝資金，結果發現他橫死在地板上，血流滿地。所以這下子導演被叫到警局接受偵訊。」

灰子低下了頭。「或許這也不是壞事。這會兒妳就不用跟這些爛人攪和，浪費時間了。」

眞不曉得該說些什麼。我身體前靠，拿起面前乾淨的筷子，夾了一粒茴香餃子。王八蛋老天爺在上，桌上居然擺了一瓶八龍牌醬油，眞不敢相信我的眼睛。剛剛是哪一種導演坐在這裡？發自內心，我始終懷疑八龍牌醬油的高鹽分和小林的脾氣之間有所關聯。不論如何，去他的。我倒了點該死的醬油在碟子裡，餃子蘸了蘸醬油，連咬都不咬，就直接吞下肚子。我餓死了，而且顯然我剛剛喪失演出女主角的機會。不過至少我還能夠吃東西，盡情的吃，吃到這個世界不再虧欠我一分一毫。大約吃了十個餃子，我的感覺已經沒有那麼沮喪。至少有灰子和我共同分享這異乎尋常的時刻，至少我並不孤單。我對此充滿感激，王八蛋老天爺在上。

灰子往後靠，看著我大嚼特嚼。我掃光整整一盤茴香餃子，開始進攻豬肉蔥餡的餃子。

「芬芳，搞不好這是個徵兆。」他說。「或許妳該嘗試一些演戲以外的事情。妳喜歡讀東西，而且妳懂電影。爲什麼不試著寫個劇本？說正經的，如果妳能完成一份初稿，我可以幫妳拿給一些人看看。」

「初稿？」我看著他，口中塞滿餃子。

「沒錯。妳有沒有聽過這句話：『別批評，別受罪，別抱怨——先把初稿寫出來再說』？」

「誰說的？」

「田納西・威廉斯。」

餃子卡在我喉頭。「田納西・威廉斯？這又是誰？」

「他是個出身密西西比的美國劇作家，那地方夏天常常出現龍捲風。妳曉得什麼是龍捲風？」灰子問道。「就像颱風，狂風暴雨的。反正，他寫了一部很有名的戲劇叫《慾望街車》。」

慾望？車子取這種名字還眞是古怪。我想像這個田納西・威廉斯來自一個被戲劇般的狂風橫掃的晴朗世界。

龍捲風，慾望……這些字眼令我感到刺激。即便從未聽過田納西・威廉斯，我緊抓住灰子告訴我的每件事情。我匆匆掃光豬肉蔥餡水餃，感到備受鼓舞。

「灰子，」我說，「你是全世界我最要好的朋友。如果地球上全部的人都死光了，我都不會在乎，就連我媽媽也一樣。不過如果你死了，我會號啕大哭。」

斷片十一

芬芳協助一個卑微的男人叫何安

周遭的環境變化如此快速——我的公寓大樓，本地商店，巷弄，街道，地鐵線。北京像一列特快車轟轟前進，然而我的生活依舊漫無目的。是的，我接到很多工作，不過內容一成不變。月台上候車的女人，等候的女士，無聊的女服務生。我芳齡二十幾，不過感覺已經七十來歲。我必須找點什麼事情來做，讓腦袋能夠活動活動，好跟上這城市快速前進的節奏。

經由灰子的靈感激勵，我開始觀察街上無名的男男女女。我們都是同一類的人：沒有一個是英雄，只是普普通通的老百姓——臨時演員一般——在巨大、混亂的北京城街道上漂來流去。有一天早上，我外出沿著住家大樓附近滿是瓦礫的街道散步。整塊區域處於重建當中，三四輛巨型卡車開來執行拆除工程。老建物一去不返，整個街道改頭換面。一夜之間全部的飲食攤都消失了，來自鄉下的攤主也隨之不見。

我心中浮現一個男人，一個曾經走過這空蕩蕩街道的普通男人。他可能叫任何名字。我決定就叫他何安。

何安的相貌沒有任何特出之處，就是一個不起眼的普通人，看過即忘。想到他的當下，我感到自己以前曾經聽說過他。我確定從鄰里街坊走過時，曾經聽聞人們談論他的蜚語流言。我開始動筆。

當我最終將故事完成，我感到焦慮，不知是否該拿給灰子看。要是他認爲這故事一文不值，該怎麼辦？要是他認識的導演認爲他瘋了，竟然想要幫助一個糟糕透頂的作家，那該怎麼辦？接著我想起了那個副導——那個有一把可憐的黃雨傘和權威名冊的男人。他已經努力工作，躍升成爲突出的二流導演。搞不好他會讀我的劇本。我撥了電話給他。

我們在《爲人民服務餐廳》碰面，位於電器街的那家，因爲二流導演想吃泰國菜。他看起來不一樣了：胖了些，腦後紮著馬尾，留著細心修剪的鬍鬚。除此之外，西裝上衣底下，還是那件可憐的紅色雞心領農民毛衣。就著豬肉和米飯，我努力向二流導演解說何安的故事，不過他甚至不讓我把話講完。他搖搖頭，說這種電影沒有人想看。故事裡面沒有道德意涵，沒有積極奮發的訊息。難道這裡面都沒有提到「紅軍建軍節」？或者「國家植樹節」？或者「中國愛滋日」？都沒有？而且他叫什麼名字——何安？爲什麼取這麼無聊的名字？太卑微了，聽起來一點也不時髦。就故事的角度而言，我的英雄完全看不出任何價值。他沒辦法代表二十一世紀的中國。這樣叫他這個二流導演怎麼拍攝這種電影呢？這是不可能的，那些大明星像小燕子、蘇有朋或徐靜蕾不可能演出這種角色。這故事太不**現代**了。二流導演用英文重複一遍「現代」這個字眼，強調他的想法。

我回到公寓，和衣躺下，兩個鐘頭動也不動。灰子到底在想些什麼？如果我連怎麼吸引觀眾都不懂，又怎麼可能寫出好的劇本呢？從二流導演的說法看來，似乎我得先讀書拿個ＭＢＡ，才有資格寫劇本。很顯然我沒有伯樂的本事，那個擅長相馬的傳奇人物。伯樂總能挑選出良駒贏得比賽，但何安的故事就像蠢驢一般。我連當伯樂的助手都不夠格。

然而，我還是無法忘懷何安和他瑣碎的一生。

何安的七種化身

背景

北京。一九九九—二〇〇〇。千禧年到來之前的幾個月

主要角色描述

很難說清楚何安長什麼樣子。他太平凡了，就像大城市路邊排水溝裡的沙粒。我們權且說他長得就像任何一個中國小農村出身、後來遷移到大城市的男人。他沒有一技之長，什麼也不懂。他的年紀？很難說。可能是三十歲，也可能超過四十。他的肢體語言十分謙卑；他的過去隱晦不明。

何安來到城市的頭一份工作是擔任駕駛教練——運用他在蔗田裡駕駛牽引機十年的

經驗。他穿著標準的藍色制服，坐在解放一〇四一號卡車的車輪後頭。他十分融入其中。接下來他換到一家工廠鑄造螺絲。他是個模範工人，產能是其他工人的兩倍之多。但是後來倉庫存貨太多，公司生產的螺絲賣不出去，何安這個模範工人也就沒有用武之地了。

不過這些跟故事沒有太大關係，故事始於新的千禧年輕拍何安的肩膀。他被解雇了。他有個地方可以待，不過跟眞正的家有一段距離。他臉上沒有笑容。辛勤工作的汙物和塵埃深深刻畫在他臉上的線條。他沒有任何朋友，但談不上寂寞。日復一日反覆的掙錢討生活，已經夠他忙碌了。

電影的開頭就是這情況。

第一景

北京一條被遺忘的路上，一個臉上撲粉、塗上亮色口紅的女人咬著熱騰騰的栗子。她的鬈髮綁在腦後，身上的皮草大衣又髒又亂。看起來她好像在一個陌生的地方過夜，那地方沒有梳子和鏡子，就只是一夜情的場所。

她的名字叫麗麗。或者叫珍珍，或莎莎或美美，或隨便哪個王八蛋老天爺曉得的名字。這不要緊。她吃完栗子，遞了一枚銅板給攤販老闆。接著她開始走路。我們看著她消失在人群當中。

第二景

人群圍繞著兩個兜售郵票的中年男子，其中一個就是何安。這是何安的第三份工作，不過他並不是一個多麼優秀的推銷員。翻動著簿冊，他把焦點集中在兩張罕見的郵票上（中國碩果僅存的東西，當然）：一張從流通中回收的軍郵，因爲上面坦克的數量太多了，還有一張文革時期的郵票，本來要搗成紙漿，因爲毛主席臉上那顆大黑痣印錯了位置。何安想要說服群眾每張郵票值兩千人民幣，不過圍觀的群眾當中沒有一個人在他便宜的西式長褲裡放有超過一百塊或兩百塊錢。當這些遊手好閒的懶漢對何安提出質疑時，他兜售郵票的同夥突然喊道，「有警察！！」何安趕緊將集郵簿夾在胳膊下，一溜煙跑了。

第三景

口袋依舊空空，何安晃過一條不知名的街道，不知何去何從。他沒有女人，沒有銀行存摺。他注意到附近牆面上的廣告，ＶＣＤ播放器的廣告——很快就會被ＤＶＤ機器取代，不過目前還在中國大肆風行：夏新電子、先科電子、萬利達和萬言。就此種下他第四份工作的種子。

第四景

何安的房間，就在貓眼胡同的第一個天井邊上。四面空牆，沒有女人和小孩的照片，沒有一面鏡子，也找不到梳子。只有三四張「模範工人」的獎狀糊在天花板，遮擋雨水打進屋裡。

何安從鄰居那裡借來一台ＶＣＤ放映機，還設法弄來一系列盜版影碟。他仔細檢視每部片子。他可不想賣色情片。儘管沒有任何朋友，也算不上什麼了不起的人物，不過何安是個有原則的人。其中有五部電影看起來有些可疑。特別是——一部法國片，一個幾乎衣不蔽體的金髮妞躺在床上什麼也沒幹，整整一個小時光是在那裡抽菸，喝酒，吃著奇怪的外國食物，講電話，接著脫光衣服，光溜溜地讀她的詩。到最後她躺在紅沙發上撫摸自己，像隻小母牛般發出嗯哼聲。影片中沒有其他人出現。媽的這算是哪門子電影？她的男人在哪兒？她一個人幹嘛脫光衣服？警察會認爲這算色情片嗎？何安沒有把握，只好把它放到一邊，和其他四張影碟擺在一起。

第五景

何安將自己安插在海淀區某個街角靠近其他ＶＣＤ小販的旁邊。他採取和其他人不一樣的銷售策略。不像他們把顧客帶往陰暗的小巷，讓他們挑選影碟，他直接把ＶＣＤ擺在身邊。何安的手法有些大膽冒險，不過生意很好。到了傍晚，他已經賣了超過四百塊錢。其他的小販看在眼裡非常吃味。到了晚上，何安回家時遭受到一群人的攻擊。他們打得他不省人事，偷走他的ＶＣＤ和那天賺來的四百塊錢，把他丟在小巷裡便跑了。日落西沉時分，何安拖著傷痕累累的身軀，靠在一棟建築物的牆上。

第六景

記得之前那個女人嗎？那個咬著熱騰騰的栗子的女人？同一天晚上，麗麗站在一家飲食攤前面，一群男人湊攏過來。她和他們一起坐下，吃著豬耳朵，並且對他們賣弄風騷。其中一個男的給了她四百塊錢，兩人一起離去。那四百塊錢依舊留有何安的氣味。

第七景

何安的元氣大受耗損，信心遭受打擊。不過，如我所言，何安是個閒不下來的人。他的第五份工作和時尚圈沾上了邊。他從貴州省訂了一批蠟染衫，跑到中央美術學院，找一位研究生詢問該如何定價。那研究生擺動長髮告訴何安說，這些襯衫不夠道地，不夠地方原味。北京的年輕人不可能看得上眼：這批貨沒有藝術，沒有態度。「那麼現在我該怎麼辦？」何安問道。那研究生教他到三里屯的酒吧去，把貨賣給喝醉的外國佬和那些附庸風雅蒐藏藝術的臭屁生意人。

第八景

三里屯醉意醺然的街道。這裡聚集的人士在何安眼中全然陌生。白人男孩和女孩，黑人男孩和女孩，一起坐在咖啡店前，神情無聊。西方佬的生活似乎毫無目的。不過何安在乎的是他自己的買賣，顧客就是老天爺。他滿懷熱忱地挨家兜售衣服給這些外國人，其中甚至有人付給他一張五十塊錢的美鈔。他的好日子就要到來。

銷售的狀況十分順利，何安還遇上一個傢伙有興趣購買色情VCD。那男的看起來似乎滿可靠的。何安想了一會兒，然後告訴他明天再過來。

第九景

何安等待那個看起來可靠的傢伙，他的袋子裡有五張VCD，包括那部奇怪的法國片。他在豔陽下等了又等，等到幾乎快要曬昏，只好躲進幽暗的酒吧裡。他的眼睛一時未能適應黑暗，看不見東西。等到視力恢復，他看見角落有一個化著大濃妝的女人。她正喝著奇怪的飲料，顏色如鮮血，還有一根彎彎的芹菜莖伸出杯口。芹菜葉凋萎地垂落杯緣。

何安問那女的，是否有興趣買一件貴州的蠟染衫。他在她面前打開了旅行袋。這時，何安注意到她嘴唇的顏色就跟那杯飲料一模一樣。

第十景

過了十五分鐘，麗麗選了一件襯衫，不過身上帶的錢不夠，便請何安喝一杯飲料抵帳。不知有多久沒有女人跟何安講話了，更不用說請他喝飲料。何安感激地接受了。他坐著，面前擺了一瓶「奎寧水」。儘管不怎麼喜歡那個味道，他還是心滿意足。

麗麗沒有吭聲，只是用芹菜莖攪拌飲料，又再攪拌了一下。她看起來似乎已經倦於開口。

突然她說，「好好聽。」何安摸不著腦袋。什麼東西好好聽？麗麗指了指旁邊架子上的音箱。是音樂，當然。林憶蓮唱著《愛上一個不回家的人》。麗麗把頭支向一側聽著歌聲，眼中眸光閃動。終於林憶蓮的歌聲消散，麗麗的眼神再度黯淡。何安專注地研究他的奎寧水，想不出有什麼話可說。

一片沉默……然後有兩個警察進入酒吧。他們朝何安的方向走來。他十分緊張，想把VCD藏到座椅底下。不過那兩個警察對何安沒有興趣，麗麗才是他們的目標。

第十一景

何安四下環顧。酒吧裡空蕩蕩的。他面向窗戶，看見戶外露天的桌椅也都沒有人。從浙江聚集到北京來的售衣小販坐在陰涼處，無精打采地忍受炎熱。何安望著面前桌上那杯奇怪的飲料，想起剛剛遇見的那個女人。杯緣有處紅色的印漬，但他說不準那究竟是口紅印，或者是她所喝的黏答答的血紅玩意兒。

第十二景

北京友誼賓館。何安於此身著一套利落的紅色制服，在北京最高檔的五星級飯店幫客人服務開門。一個門房。或者，依他的正式職稱：大廳服務員。他的第六份工作，從報紙的分類求職欄找來的。何安臉上的神情依舊神祕莫測，不過偶爾他臉部的肌肉會微微抽緊。那表情說不上是個微笑，不過想必是他有意擺出的笑容。

這一天，何安幫一位五官輪廓英俊鮮明的優雅男士開門。那男士態度很客氣，給了他一筆慷慨的小費。

第十三景

晚上十點鐘，同一位紳士回到賓館，手裡提著一袋水果，有奇異果、橘子、水梨、芒果等等。何安有些驚奇，因爲嗜好肉食的中國男人通常不會主動購買水果。何安幫他開門時，那男士停下腳步，低聲說，「晚上等你値完班後，到房間來找我。五〇二號房。」何安大感震驚，幾乎沒有客人開口招呼過他。「當然，」他有禮地低語回應，「當然，當然。」男士面露微笑，信步穿過大廳走向電梯，拎著那一袋水果。

第十四景

午夜時分，何安已經換掉制服，站在五〇二號房外。優雅的男士幫他開門，身著絲質睡袍。他手持一瓶長城葡萄酒，另一隻手拿著開瓶器。「太好了，」他說。「你來了。我還在想說不知道你來不來。」

那男士幫何安倒了杯葡萄酒，請他坐下。何安屁股沾邊坐在絨布沙發上。他感到渾身不自在。這豪華的房間一晚要價一千人民幣。他不屬於這個地方，而且他發現酒有酸味。還是二鍋頭，北京一般人最喜歡的便宜貨，比較合他的胃口。

「朋友，我喜歡你，」那男士說。何安聽了點點頭。本來嘛，要是不喜歡的話，這位先生怎會邀請他到房間來。

片刻之後，何安心滿意足地躺在一張舒適的單人床的被單底下，那位男士躺在他隔壁的床上。兩個人一起看著電視。何安從未看過這麼多頻道：鳳凰衛視，收費電影，MTV，ESPN，CNN。全部講的都是外國話。突然間，那男的靠過來何安的小床。他在何安身邊躺下，並抓著他的手。何安一時迷糊了。這位先生是要他離開嗎？那男士露出整晚保持的笑容，並且掀開何安的被單。何安持續迷糊了四秒鐘。過了五秒，他終於明白對方的意圖，趕緊將他推開。兩人一陣糾纏。何安推拒的力道斯文，不過對方出力抓著他，迫使何安必須擋開他。何安手腳迅速，爬離鬆軟的床鋪，收拾他的東西，並且逃離房間。

在電梯裡，何安瞥見金屬門映照的自己，他的臉都紅了，他不記得自己以前臉紅過。電梯門一開，他便迫不及待衝過大廳，推開厚重的玻璃門，頭也不回地奔入沉沉的黑夜。

如果不是匆匆忙忙奔跑，他就會注意到，推開玻璃門的那一刻，三里屯酒吧裡的那個女人，喝著血腥瑪麗的麗麗，正好要進門，伴隨著一位身著黑西裝的男人。何安和麗麗錯身而過時，距離不會超過三百一十七公分。命運的射線彈射到兩人身上，無人察覺下又消失無蹤。

第十五景

有句話說：「舊世紀來到末尾，新世紀正要誕生時，人們的口味會偏向極端。」麻辣火鍋在二十世紀末的北京十分火紅，火鍋店雨後春筍般地湧現。

何安的財力不足以買下一間餐廳，不過他看準了商機。作爲第七份工作，他設了個小攤子，就在熱鬧的大馬路邊，賣起火鍋，湯頭滿滿的辣椒、大蒜和薑，簡直會辣壞你的嘴巴。不論晴雨，何安的小攤都會開張做生意，跟路燈一樣可靠。緊挨著何安的是另一個小販——賣糖炒栗子的男人。這個賣栗子的男人講了許多生動的飛碟故事娛樂何安。他告訴何安，自己曾經在北京城三十里外的昌平見過飛碟：一個眞的飛碟，「就像你裝麻辣鍋的圓形大鐵碗。」他相信這是世界末日已近的徵兆。

第十六景

賣栗子的小販離開，到一家別致的飯店去吃龍蝦，又上三溫暖烤蒸氣，趁末日來臨之前大肆享受。孤家寡人，何安望著行人來去匆忙。他誰也不認識。但忽然間，他看見那個在酒吧裡喝著血腥瑪麗的女人。她在洋裝外面套著他的蠟染衫，有如某種外套一般。何安追了過去，出聲呼喚，她轉過身來。起先她蹙眉，彷彿在腦海中男性臉孔的記憶庫裡搜尋他的容貌。很快地她認出來了。何安放慢腳步，指著自己的火鍋攤。女人露出笑容，隨他回到攤子。兩人坐了下來，何安遞給她一碗辣豆腐和白菜。她說她的名字叫麗麗。

「東西眞好吃，」麗麗說。「好幾天沒吃東西了。」何安很樂。「這樣的話，妳下次再來。」他有股莫名其妙的洋洋得意。什麼世界末日嘛？什麼飛碟？日子好得很。麻辣火鍋。熱鬧的街道和飢腸轆轆的顧客。麗麗穿著他的蠟染衫。他什麼都不缺了。

第十七景

早晨在何安貓眼胡同的小屋子裡。房裡空空的。何安人在他的小攤。房門開著，麗麗進來。她在床上躺下，即刻就睡著了，她顯然累壞了。我們感受到她時常到這裡來休息。或許這裡是她唯一眞正可以歇息的地方。醒來之後，她收拾好東西，離開房間，從胡同裡消失。

當天晚上夜深時分，何安回到家裡，捕捉到床單上一縷微弱的她的氣息。床邊地上他發現了一只金耳環，末端懸盪著一顆珍珠。這東西只可能屬於來自天堂美若天仙的造物。他將耳環舉高對光。他髒亂的房間——他難登大雅之堂的家——感覺起來完全煥然一新。

第十八景

我們來到何安這個故事的重要關口。他在攤子上招呼客人，麗麗出現了。她向他要錢。這教他怎麼有辦法拒絕？她是來自天堂美若天仙的造物！他告訴她，如果願意留下來幫忙就有錢拿。她留下來了，不過幾乎沒做什麼事情。然而，何安光看她待著就很高興了。他臉上露出難得的笑容。

那天晚上，何安靠在床上想關燈的時候，麗麗來到他的房間，一聲不吭，脫掉衣服，在他身邊躺下。那種溫暖是何安前所未有的感受。他納悶這是否就是愛情。他對自個兒重複了這個字眼，「愛情」，他的身體再度從頭至腳湧溢著那股暖意。

麗麗睡著了，何安盯著她絲綢般光滑的頸背，伸手以指頭撫觸一塊青紫的瘀傷。他輕柔地撫摩，來來回回。

第十九景

麗麗沒有回到何安的火鍋攤。白天時，他專注地凝望眼前熙攘的人群。到了晚上，他專注地盯著手中的長耳環。他一分一秒計算世界末日到來之前還剩幾個小時。

第二十景

麗麗匆匆進入何安的房間，將一些藏起來的東西扔在床上，有鈔票、戒指和項鍊。

「何安，你是個好人，我知道。幫我顧好這些東西。」

話說完她就走了，回到外頭的暗夜當中。

第二十一景

何安的火鍋攤沒有申請登記，被警察給砸了。何安在雨中走回家，心情沮喪，渾身濕透。他的火鍋棄置在路邊，冒著熱氣，漸漸被雨水灌滿。

第二十二景

何安蹲在他寒磣的家的地上，檢視手中的耳環，金質，末端懸盪著一顆珍珠。有人用力敲門，是個警察。他認不認識一個叫麗麗的女人？認識的話，能不能跟他們回去指認一具排水溝裡發現的屍體？

在停屍間，何安一眼就認出那件藍色的蠟染衫。警方告訴他，麗麗的本名叫張桂蘭。她來自河北省，淶源縣，香蔥山，結桃樹村。

第二十三景

何安端詳月曆。離世界末日還有幾天。他往旅行袋裡放了幾樣東西，環顧空蕩蕩的房間。接著他鎖好房門，走向遠處的巴士站。

收場景

旅行袋拎在背後，何安走過荒蕪的小丘，穿過零落稀疏的樹林，經過一片刺骨、杳無人煙的積雪的野地。接近香蔥山結桃樹村時，他聽聞羊隻咩咩叫，看見遠處有低矮的房舍散布著。「或許我找到了，」他忖道，「或許這裡就是她家。」張桂蘭，他心底的麗麗。

劇終

斷片十二

芬芳揣摩老人與海之間的爭鬥

一旦見過鯊魚，從此你下海的時候永遠戰戰兢兢。我很害怕小林再度闖進我的公寓，或許下一次會輪到我的腿掛彩，而不只是電燈而已。自從我告訴他我想搬出去住，小林便開始一步步有計畫地摧毀我。首先是我的工作。他將我預計要扮演的角色的劇本撕毀，並且燒掉我的通訊錄。接下來是我的文具，我鉛筆盒裡面的東西一再消失。鉛筆、尺、橡皮擦被弄壞。他連最小的東西也不放過，我回到家發現迴紋針毀損，訂書針散落一地。

沒有什麼東西逃得過他的毒手，特別是我的相片。我喜歡拍攝北京的點點滴滴。夏日午後紫禁城大門旁鏽蝕的鐵欄杆。一位人民解放軍在冬天弓身剷除積雪。北京塞滿垃圾的運河令人難受。紅色旗海飄揚下天安門廣場的毛主席畫像。老年人玩著乒乓，他們的狗在一旁打鬧……每張相片都被小林撕得碎不成形。我再度變成一個農村丫頭——活在這個大城市裡，卻沒有任何昔日的紀錄可言。

夜校美國文學課程的老師上過海明威的《老人與海》。他說這本書是西方現代文學史最重要的著作之一，我們全都應當仔細研讀。他將書本高舉過頭，訴說大海與老人之間的爭鬥，這象徵著一個人「可以被摧毀但不能被擊敗」。不知怎地，每次想到小林，我就會想起這本書。在我們兩人的爭鬥當中，小林正是拒絕被擊敗。

我想起有次和班離開北京去旅行時我們的對話。當時我們只在一起幾個禮拜，班說他想去造訪他做博士研究的城市。我想一起去嗎？

那是我頭一遭坐飛機。纖細的雲朵從窗邊飄過。看著這幅景象，我懷疑天底下是否眞的只有一個宇宙，或者實際上有好幾個宇宙。生命在別的宇宙是否有不同的層面？或許年輕與否在那裡並不要緊，或者戀不戀愛也是……班攬住我的肩膀，將我拉回這個宇宙。我明白我是眞的離開了北京。在這裡小林碰不著我，除非他眞的會飛。持續不斷的恐懼感暫時離我而去。我老是害怕他突然從身後的某個角落撲過來。

班一定也有同樣的感觸，因爲片刻之後他說，「我希望妳那個瘋瘋癲癲的男朋友不要再來打擾我們。」

我沉默了一會，然後說，「或許你可以幫我，班。」

他移開手臂。「哦，芬芳，妳知道我願意幫妳。但是我不曉得究竟該怎麼做才好。」什麼意思？

「或許我們應該一走了之，」我說，懷抱期望。「爲什麼不行？中國這麼遼闊。我們可以藏身在任何角落，我們不需要待在北京，不是嗎？」

班什麼也沒說。

我們飛到長春，東北的一座城市，在舊滿洲地區。等到最後解開安全帶步下飛機，我們進入一個冰封的世界。這城市的重工業發達，看起來似乎從一九四九年共產黨解放中國之後，就沒有改變過。地上的積雪被煙囪噴散的汙物染黑。

我提醒自己這地方在歷史上扮演過重大的角色。一九三〇年代，日本強迫末代皇帝在此建立僞滿洲國。當時他便住在這座城市，被他的嬪妃環繞著。班堅持造訪末代皇帝的宮殿。如今是一處蕭索的博物館。我們走進去時，裡面只有另外一個訪客，一個外國人背著大型的背包，瞇眼端詳模糊的老照片。唯獨外國人才了解中國的歷史，我想。我可是什麼也不懂。不過，在這腐朽的宮殿待上半個鐘頭之後，我還是多少淸楚了一些關於溥儀的事。我知道他如何三歲就登基爲皇帝。如何在十六歲時娶了太監爲他選定的女孩。他如何被迫從北京的紫禁城出走。日本佔領滿洲地區期間，他如何避免娶一個佔領者強加給他的日本女人。他如何被史達林囚禁在蘇聯。一九六二年，毛主席如何爲他安排再娶一個女共產黨員。溥儀，曾經身爲囚犯，身爲市民，身爲最後一位皇帝，總是身不由己的一個男人。老溥儀顯然沒能打敗海洋。

我和班走過一條街道，簡陋的小攤一家連著一家。我們吃了醃甘藍菜和鴨血湯，盛在臉盆般深的海碗裡。此地的人們非常慷慨大方。感覺起來，中國每個地方似乎都比北京好。我們看著當地的青少年在凍結的河面上滑冰，個個身裹厚棉夾克。我們在筆直的街道上漫步。小林不可能跟蹤到這裡。如果我們死在這冰凍的北方，他永遠也不會知情。

不過鯊魚總是虎視眈眈地跟隨在人的身後。我的手機響起。出於某些原因，我沒辦法按掉電話。我無力拒絕小林的來電。權宜之計，我關掉鈴聲，感受小手機沉默的振動。我可以想見，小林獨自一人在北京家裡，猛力將電話摔在牆上。

當天晚上在賓館，我驚恐醒來。我的手機亮起。班可以聽見它在桌角振動。他睜開眼睛，我們兩個瞪著手機在黑暗中威嚇地閃爍。

「別管他，芬芳。他自己會厭煩的。」

「你不了解他，」我說。

班看著我。「妳怎麼就不能把手機關掉？我眞搞不懂妳。」

他挪開身體，氣力用完的樣子。

人們老是說，治療受傷的心比受傷的身體困難許多。狗屁。事實恰好相反——受傷的身體要花更長的時間才能痊癒。受傷的心不過是一堆記憶的灰燼而已。身體卻是一切。身體是血液、血管、細胞和神經。受傷的身體就像離開一個共同生活三年的男人之後，妳在床上仍然蜷縮在一側，有如身邊依舊有人躺著。那就是受傷的身體：即使已經事過境遷，仍然感覺和另一個人牽扯不清。

斷片十三

芬芳搬到海淀

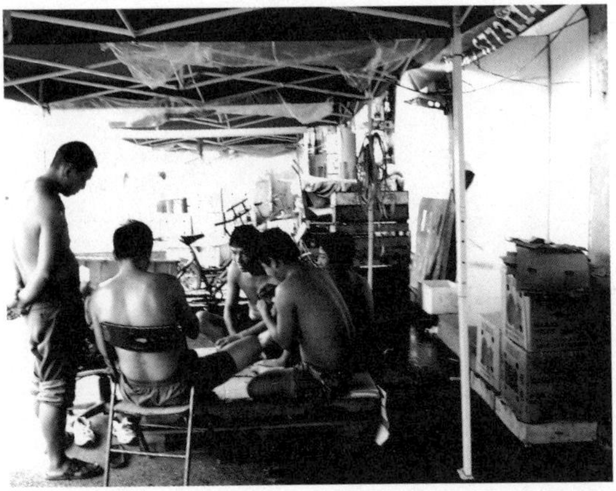

我人在哪裡？我在床上坐了起來，努力看著黑暗中的家當。左側有一扇門。右側是浴室。架子在這兒。抽屜在那兒。桌上有一盆半死不活的竹子，窗邊有架電視機。窗戶就在我正前方。好的，這下我知道自己在哪兒了。一旦知道窗戶的方位，我就放心了。

我人在海淀，新的公寓裡頭。租金：八百五十塊人民幣一個月。麻煩：零。這棟大樓的住戶不是大學生就是教授。他們全是安靜講理的人。人人戴著眼鏡，每天早上外出工作時，包包裡至少有兩本書。電梯裡沒有老母雞按樓上下並且監視我的夜生活。最重要的一點，這裡沒有小林，他不曉得我搬去哪裡。

海淀喚醒了我。海淀是北京最大的區域，它讓我的心跳加速。

我喜歡海淀之處在於你什麼東西都找得到。好比高行健的禁書《靈山》，或者毛主席私人醫生的回憶錄，揭露了許多不爲人知的秘辛。一個小老頭專賣台灣的刨冰，滋味北京第一。他的攤子有乾淨的塑料櫃。透過冰櫃，你可以看見一張張海碗堆滿甜蜜的黃色哈密瓜，紅色的西瓜，青青的果凍塊和晶瑩的紫葡萄。褐色糖漿塊閃閃發亮。只要花上一塊錢，你就能把塑料碗裝滿喜歡的水果。他會在你的水果山上堆滿雪白的刨冰，再淋上濃稠的糖漿。噢，王八蛋老天爺在上，那滋味無可比擬。

過了美味的刨冰攤，是狹窄的小街，牆面有如魚的鱗片一般——高高的架子擺滿了盜版碟片。這地方你想要什麼都有。CD，中間打口。經典老電影的VCD和DVD，比方說阮玲玉的《神女》，趙丹的《十字街頭》，甚至像一九四〇年代的《小城之春》。另外還有好多外國片。《羅馬媽媽》。《中央車站》。《失去的週末》。還有北野武和岩井俊二的電影。一片片疊起來，有如中國舊曆年燃放的鞭炮。我愛盜版。盜版是我們的大學和接觸外國世界唯一的途徑。

就在海淀，你可以找到班最喜歡的電影：《巴黎野玫瑰》，如今這也是我的最愛。裡面的男主角——一個叫佐格的油漆工——激勵我持續的寫作。如果一個寂寞小鎮的寂寞油漆工能成爲一個大作家，或許一個臨時演員也能成爲一個超三流近二流趕一流的編劇。電影當中，女主角貝蒂十分瘋狂——一個總是穿著火紅衣服的瘋狂女人。我覺得我就像那貝蒂，雖然我從來不穿紅衣服。故事結尾時貝蒂死了。每次看這電影我總是會哭。就算已經看過十五遍了還是一樣。我永遠忘不了電影最後的結尾。貝蒂死了，她的男人佐格獨自在桌前寫作。突然間，他的貓咪跳上桌子看著佐格。接著貓咪說話了。哦，王八蛋老天爺在上。貓咪用貝蒂溫暖的嗓音對佐格說，你在寫作嗎？佐格抬頭看著他的貓。

這就是結尾。王八蛋老天爺在上！光想到這一幕我又要掉眼淚了。

那天下午，我到圖書城去補充近來喜歡的作家瑪格麗特·莒哈絲的小說。我從書店出來，綠色 Eastpak 背包塞得鼓鼓的。《毀滅，她說》，《海堤》，《直布羅陀來的水手》，還有一本關於她的傳記。王八蛋老天爺在上，讀到《情人》的第一行時，我就知道我愛上了莒哈絲。「有一天，那時候我已經上了年紀，在一處公共場所的大廳裡，一個男人向我走來。他做了自我介紹，對我說：『我認識妳很久了。人人都說妳年輕時很美，我來是爲了告訴妳，對我來說，妳現在比年輕時更美。與妳當年的容貌相比，我更愛妳現在這備受摧殘的面孔。』」眞是天才！光想到這段文字，我背包底下的心便澎湃不已。

穿過路邊叫賣食物的小販，穿過那些戴眼鏡同樣背著 Eastpak 背包的北大學生，穿過一群民警，他們對身旁的盜版CD視而不見。反正沒有一樣東西是合法的，所以何必大費周章取締非法，連警察也是這種態度。不管怎樣，經過一家電子行時我放慢腳步，但我沒有進去。我的目的地是書城對面那家麥當勞。

麥當勞，儘管食物不敢恭維，但有三樣東西是北京其他餐廳比不上的：⑴地板乾淨；⑵洗手間供應衛生紙；⑶冷氣十足。如果你曾經在北京的夏天努力吞下熱騰騰的餃子，那麼請到書城的麥當勞來。這裡是唯一可以令你感受到清涼的地方。住在海淀的時候，所有當地人都會節省電費，到麥當勞來享受免費附贈的冷氣。

我到櫃台點了個紅豆冰淇淋，然後找處角落坐下。周遭都是些吱吱喳喳的青少年，吵嚷著電視明星小燕子，啃著大麥克。我舔了一口冰淇淋，打開背包，取出心愛的莒哈絲小說。

我將書本翻開，一個年輕男子走了過來。長髮披肩，瘦削的高個子。好像江口洋介——日劇《東京愛情故事》裡面的男主角。那種你在北京茫茫人群中，目光會不由自主跟隨的出眾男人。他經過我在隔壁桌子坐下，正好讓我盡情打量他寬闊的背影。

我注意到他帶了一個綠色的 Eastpak 背包，就跟我的一樣。他拉開拉鍊，取出一本書，閒適的神態有如身處家中。他深吸口氣，對著明亮、冷氣逼人的麥當勞，吐出一口疲倦的城市廢氣。

王八蛋老天爺在上，我看見擺在他面前那本書。瑪格麗特．莒哈絲，跟我手頭的瑪格麗特一模一樣：《海堤》。我倒抽一口氣。隔壁的大麥克小孩已經不再關心小燕子的近況，轉而談論起《金剛》和《史瑞克》。我目不轉睛地盯著那個讀著小說的男人。他修長、蒼白的手指逐頁翻動著。他的一舉一動有如某人陷入戀愛當中，每個動作都是那麼優雅、沉著、溫柔。我就這樣毫不眨眼地盯著他的背影。

我的手機突然震動。班的號碼閃現，接著一陣遠距離模糊的回聲，從波士頓（北緯四十二度，西經七十一度，比格林威治標準時間減四個鐘頭）穿越時空，降臨在北京海淀書城麥當勞靠北第三扇窗第八張桌子上（北緯四十度，東經一百一十六度，比格林威治標準時間加八個鐘頭）。

「嗨，芬芳。妳好嗎？」

「很好。我正在麥當勞吃紅豆冰淇淋。外面天氣熱得就像新疆的火炎山。」

「什麼？芬芳，我聽不太清楚。」

「哈囉？現在聽得到嗎？」

「抱歉，芬芳，妳剛剛說什麼？」

「我說我正在吃紅豆冰淇淋。」

「芬芳，妳能不能大聲一點？妳好像在熱鬧的遊樂園，周遭好多小鬼吵鬧。」

「現在聽得到嗎？好的。我是在遊樂園沒錯。我在麥當勞裡面。聽著，你覺得這一段如何？『有一天，那時候我已經上了年紀，在一處公共場所的大廳裡，一個男人向我走來。他做了自我介紹，對我說：「我認識妳很久了。人人都說妳年輕時很美，我來是爲了告訴妳，對我來說，妳現在比年輕時更美。與妳當年的容貌相比，我更愛妳現在這備受摧殘的面孔。」』你說她是不是天才？」

電話另一頭極度沉默，我想像班應該十分用心聆聽。然後他說，「對不起，芬芳，我聽不懂。妳能解釋一下嗎？」

「算了，班。收訊很差，我們掛電話罷。」

我失望極了。抬頭一看，那個長髮男子已經走了。他帶走了他的莒哈絲。我的瑪格麗特。他消失在海淀茫茫的年輕男女和喇叭震天價響的汽車與自行車當中。

斷片十四

芬芳想寫一個劇本，但不是在北京，而是在西安

我在想，如果離開北京一陣子，或許能寫出更好的東西，所以我旅行到西安，曾經是好幾個朝代的首都。我待在東郊某處一家國營的飯店，叫「望鄉酒店」。登記的時候，我沒有寫自己是個一天管一頓五塊錢便當拿二十塊錢酬勞的臨時演員，我說我是個「職業編劇家」，戴起墨鏡，穿著黑色長風衣，就像《駭客任務》的基努·李維，還帶著筆記型電腦。

「望鄉酒店」裡的空氣腐舊，裡頭每道走廊鋪著暗紅色的地毯。白天時，飯店一片死寂，完全不見人影。八百年也見不到一個人上門要房間。不過到了晚上就不同了。起初，整棟大樓彷彿沉睡在死者的夢境。我會關掉電腦，開著燈爬上床。床墊的狀態全然不可預測。有的晚上保持堅實；有的晚上會莫名其妙地塌陷，我會發現自己有如身處裂縫當中。想辦法躺下要睡覺時，會聽見一個女人的哭聲。那聲音斷斷續續，時有時無。這讓我想起以前那家海淀的爵士樂酒吧「Lush Life」(外國人喜愛流連的場所)，那些如泣如訴的薩克斯風。一兩年前「Lush Life」拆遷消失了。

住在這家「望鄉酒店」，離兵馬俑的墓穴僅有幾里之遙。我絞盡腦汁寫劇本，但女人的夜半哭聲讓我心神不寧。我開始疑心這飯店是否是個陷阱，讓人住進來就沒辦法脫身，所有的房客都會變成灰撲撲的兵馬俑。或許這是老帝王秦始皇玩的一個把戲。我擔心早晨醒來，發現自己也變成一具灰撲撲的陶土兵士。

或許有人會說，像這樣離群索居，我沒有辦法參與社會生活。我，芬芳，沒有辦法對偉大的社會主義積極面有所貢獻。然而我不在乎。我只想躲起來寫作，遭遇一些可能寫入劇本的人物。我希望創造一個全新的世界，創造出在這個世界生活的人與事。然而每當我關上四〇二號房的房門，打開電腦，坐上那張褪色的猩紅色高背椅時，什麼也沒有發生。我的文思枯竭。我的念頭無力落實。四〇二號房變成一個籠子，裡頭囚禁的鳥兒斷斷續續咯咯作響。

每天早上醒來，我會拉開灰灰黃黃的窗簾。外頭一片一九八〇年代國家興建的住宅，籠罩在厚重的塵土裡。沒錯，北京也有塵沙。不過這片塵土已經積了五千年之久。西安的每樣東西都罩著塵土。房子，人民，松樹的每根松針和美人蕉的片片花瓣。我幾乎聽見松樹和花朵止不住的咳嗽聲。每天早上起床頭一件事就是沐浴。我努力洗去夜半女人的哭聲和眼見的塵土，不過那哭聲終日在我腦中迴盪。我穿好衣服，披上黑色長風衣。我好喜歡這件大尺碼的風衣，將身體完全覆蓋，保護我免受惱人的黃土侵襲。

大廳裡有三個女服務生，她們閒坐在櫃台後頭，頭頂著三個顯示倫敦、東京和紐約的大掛鐘。我搞不懂這裡怎麼會需要國際時鐘，只有鄉下人才會待在「望鄉酒店」。這倒不是說這地方有多麼普通。迎著三個女人死盯著你的目光，必須鼓足勇氣才能走過大廳。特別是像我這般戴墨鏡身著長大衣的女性。我知道她們腦袋裡盤算些什麼。她們一定在想我是個妓女。一個年輕女人孤家寡人來住房，還有什麼其他可能？這在中國可不尋常。而在中國，任何人行事「不尋常」鐵定可疑。

不管怎樣，在門口處我會遇上門房，一個瘦稜稜的年輕孩子，一身紅就像宮廷禮儀的侍衛。他通常的動作不是幫你開門，而是對著旁邊的鏡子比畫武術動作。使出猴爪，飛拳，雙腿連踢，從流行的功夫電影中學來的幾招。要是沒有搞這些花招，他就把鼻子貼住玻璃窗，一動不動地注視外面的街道，即使外頭始終就沒什麼好看的。

我自己推開大廳的門出去，走進塵土的世界。步行約一百米，茫茫塵土當中，有一間破落的餐廳叫「小辣椒」。裡頭飛舞著成群的蒼蠅，三四個口叼香菸的中年男人不分晝夜在打麻將。餐廳外面是轟隆隆載滿煤礦的卡車和拖拉機，從中國荒漠的西部運送至中國人口眾多的東部。我朝下看著腳上的鞋子覆蓋一層西安的塵土。通常到這裡我就會放棄，打道回府，結束我自以爲刺激靈感的晨間散步。

我希望去到一個可以自在散步的地方，遇見有趣的人們。善良的老人，微笑的小孩，懷孕的女人，自行車後座載運瓦斯筒的男人，雨中疾跑回家的學生，吵架的情侶，車子裡打盹的警察，呼嘯而過的飛車少年……我渴望將這些人物寫進我的故事裡。我渴望一個可以找到眞實自我的地方——一個眞實的芬芳，而非某個無足輕重的臨時演員。

在西安的最後一晚，突然間我有股衝動，想去市中心觀覽著名的明代鐘樓。回到嶄新的北京之前，觀看一下六百年歷史的古鐘應當有些益處。我從電腦前起身，下樓至大廳叫了一輛計程車。時間是深夜十一點半。計程車以瘋狂的速度將我送到那裡。我獨自站在馬路中央。在我身邊，鐘樓隱約、肅穆、沉靜。四下如此黑暗，我什麼也看不見。周遭的一切都已打烊，我沒辦法得知鐘樓的故事，眞是令人失望。我想要對自身所在的地方多一些了解，卻發現自己無計可施。我深深嗅聞。儘管暗夜深沉，我可以感覺夾帶塵土的風從古城牆邊緣吹過。我瞥見前方有顆白熾燈泡，舉步朝燈光走去。原來是一家烤魚攤。我在板凳上坐下，身邊是幾個帶有秦俑骨骼結構的男人。古代的骨架在西安市民身上，一代又一代的流傳下來。

我吃起了有著細小骨刺的烤魚串，一串接著一串。吃完一串，便把木籤鄭重地放在桌上，然後再取新的一串。我面無表情，聽著秦俑的後人說說笑笑，喝啤酒吃烤魚。我總共吃了十串，桌上的木籤像敗兵橫躺在秦墓當中。抬頭一望，陌生的街道從小攤旁一路往黑暗延伸而去。我緊緊抓住桌子，彷彿不抓緊的話，身體就要飄入黑夜當中。

手機的鈴聲使我心頭一震，回到現實。螢幕的數字開頭顯示四個零，班的來電。

「芬芳，我打電話到家裡找妳好幾天了。妳人在哪裡？」

「我在西安。」

「西安？」

「西安，你曉得。挖出兵馬俑的古都。我正在吃烤魚。」

「什麼？兵馬俑和烤魚？」

我聽著班在太平洋彼岸放慢語調。那聲音聽起來，彷彿他正踮起腳，看著掛在牆上的大幅中國地圖，想要鎖定我的位置。

「是的，我在西安，班，我沒事。你想要聽聽風聲嗎？」

我將手機舉向夜空，高高探入風與塵土當中。

聽見班熟悉的聲音令我平靜下來，我從烤魚攤的板凳上起身，叫了輛計程車。還是之前那一位瘋狂的司機，很快就把我送回「望鄉酒店」。

回到四〇二號房，爬回難以預料的床鋪，躺下來聽著女人的哭聲，那聲音潮水般湧近。突然間，我感到難以忍受的孤單。我渴望回到北京，回到那個已經成爲我的家的北京，那個我頭一次墜入情網的城市。在那個城市，廚房櫃子裡有米和麵條等候著我。我想起了小林。北京是小林跟我一起買下橘色窗簾的地方。一張一點八乘二米的雙人床紅色床罩。我們曾經在小西單的電影院裡手握著手，一起在路邊攤吃烤烏賊，一起在街角爭吵，最終希望能忘掉彼此。

我想起和小林同居的日子。他家狹小的公寓養著兩隻棕色的老貓，那隻白狗老愛在我們的床邊拉屎撒尿。我想起他長生不死的老祖母，和那瓶一天二十四小時、一年四季永遠擺在飯桌上的八龍牌醬油。想起那處公寓令我泫然欲泣。

我想起灰子曾經告訴我的話：「芬芳，永遠不要回想過去，永遠不要後悔，即便眼前一片空虛。」不過我沒辦法克制。有時我寧可回想過去，那樣心裡總是有些東西存在，即便是令人傷心的東西。不論如何，傷心總比空虛好些。

斷片十五

過新年，芬芳吃了碗母親煮的長壽麵

有個念頭已經在我心裡悄悄滋長了好一陣子，回家的念頭。回到我十七歲時逃離的地方。我耳聞老家的村子已經改頭換面——就跟中國許許多多安靜的角落一樣。山坡被剷平了，興建起超級市場，番薯田開闢出大馬路。我童年無人聞問的小村落，搖身一變成爲熱鬧的城鎮。連村名也改了，不再是薑丘村，它被重新命名爲大薑鎮。我父親已經從四處奔波的推銷員工作退休，媽媽也不再下田幹活了，改成經營一家小店鋪。

寒風刺骨的冬天，北京被沙塵暴襲擊當中，我寫信給爸媽：

爸爸，媽媽：

我要回家探望。春節是二月五日，我大概四日到家。

女兒芬芳敬上

我在信紙底端寫下電話號碼，將信寄出。

五天後我接到父親的電話——從我的童年當中缺席的父親。他的聲音粗啞低沉，有如自從上次我和他見面之後再也沒有開口過。

「芬芳，我是妳爸爸，我們等妳回來一起吃年夜飯。」

講完電話，我直奔火車站買返鄉的車票。

火車足足跑了三天三夜。噢，王八蛋老天爺在上，我早已忘記車程要花如此久的時間。我想起頭一回搭車的事情，那時好像永遠也抵達不了盡頭。記得那時我對自己許諾，我要等發大財或闖出一番名號才要衣錦還鄉。不過瞧瞧我現在的處境：跟這王八蛋中國每個無足輕重的鄉巴佬一樣，口袋空空，無人理會。

望著車窗外面沿途駛過數不清的城市和小鎮，廊坊，滄州，濟南，徐州，無錫，杭州……我聞著華北平原乾土的氣息，看見混濁的黃河，還有我心愛的長江。記憶當中，長江是淺綠色的，不過這次看來卻變成灰色。建設工地沿河岸堆滿水泥樁塊，連綿不絕。看起來似乎所有的江河都比以前窄小多了。或許等到下回返家，它們全都會乾涸，變得有如戈壁沙漠一般。

旅程行進中，可以看見煙火升空，持續聽見爆竹聲響。突然間想起我在北京待了如此之久——寒冷、嚴肅、拘謹的北京。我早已忘了慶祝新年的歡樂。此刻的我真的是要回家嗎？我感覺有如行過夢境一般。

拖著行李箱走出火車，我看見一個老婦人衰老的身軀和簡陋的衣物，原來是母親。我喉嚨哽住，還來不及放下行李箱，眼淚便奪眶而出。

媽媽看著我，難掩驚訝。她還從未看我哭過。她不明白我的心裡翻攪著什麼，也不知道我在北京過的是什麼日子。她不知道我怎麼會突然間想要回家探望他們。她根本無從想像，我曾經在一年內搬了六次家，有一次全部的家當還被統統扔到街上，只因爲沒能準時繳付房租。

媽媽，媽媽，妳什麼都不知道。

爸媽和我一起坐在圓桌上吃年夜飯。電視機開著，國營頻道播放春節除夕特別節目。家裡有了一台新的「未來」牌電視機。對我們家來說，似乎顯得太過現代、太過高科技了。媽媽解釋說，一收到我的來信，他們便買了這台電視機。她說我回家的這段時間，一定需要一台大電視。哦，那台電視讓我心頭沉重無比。

感覺就像電影場景，一個典型中國家庭的場景。我幾乎可以看見導演在幕後調度，監看著這幕場景。父親，母親，女兒，年夜飯一起坐著，邊吃邊看他們新買的電視機裡一位著名的女星高歌共產歌曲。我半點也不關心電視特別節目。我看著父親。他的樣子再也不像四處奔波的推銷員，他看起來好蒼老。我從沒想到父親有一天會變老。不過眼前的他就是如此，變得瘦小，就向村子裡其他乾癟的老頭。他甚至變得比我還瘦小。我的心揪成一團。我埋下頭，往嘴裡一次又一次地送著媽媽夾給我的菜。我低眼看著飯碗，深怕眼淚就要滴落碗中。

爸爸媽媽什麼也沒多說。他們一如往常沉默。食物不斷地上桌：吃不盡的各種蛤類。這地方的人們相信多吃蛤類會帶來好運。女人吃了有助生育。桌上擺滿東海出產的各式各樣的蛤類：有竹蟶、血蛤、毛蛤。王八蛋老天爺在上，我會變得可以生下十個小孩，但我甚至連一個也不曉得自己想不想要。

媽媽打破了沉默。

「芬芳，多吃點血蛤，對妳的貧血有好處。妳站起來的時候，還是會頭暈目眩嗎？」

我抬眼看她，滿嘴新鮮的蛤肉。

「不用擔心，媽，已經不會了。在北京的時候，我吃了好多滋補的肉類，我吃羊肉，牛肉，甚至驢肉。我還吃了好多大蒜。我身體已經比以前強壯多了。」

「哦，」她看著我。「如果妳身體強壯了，怎麼臉色還是像以前那麼黃？」

我不知道怎麼回答。我的臉色怎麼還是那麼黃？是不是因爲吸了太多北京的髒空氣？因爲晚上總是睡不好？或者因爲肚子裡面的氣不好？我該怎麼回答？

媽媽，妳什麼都不知道。

在家鄉的那個除夕夜，彷彿時光倒流。過去的種種片段一一浮現，彷彿我從未離開過這個地方。儘管鞭炮聲此起彼落，每樣事物似乎一如往昔。一樣的陳年老醋，只是換了新的瓶子。我站在屋外，聽見一個老人繞過角落時發出兩聲咳嗽。同樣是過去多年熟悉的咳嗽聲，同樣的聲調，同樣的頻率，同樣的節奏。咳了兩聲之後，果真他跟著吐痰。同樣的韻律，同樣的動作，同樣的速度。即便是那株可憐的、慘遭蟲子肆虐的山茶花，依舊長在門邊的花盆裡。經歷這些年來，我父親怎麼還沒有想出防治病蟲的對策？

唯一改變的，只有我家後頭的那條河流。它已經變成可憐兮兮的涓涓細流。河面覆蓋著塑膠袋和各式各樣的垃圾。泥漿上頭的鐵管不斷排放汙水——原來是來自工廠的廢水。

天空窺探的星辰似曾相識，我知道的確如此。濕黏的夜風跟童年吹拂過枕畔的風並無兩樣。我開始擔心，那些陳年不變的事物來得如此輕易、如此迅速。我擔心這地方會將我拉回過去，它不肯再度鬆手讓我離開。我擔心我闖蕩的意志會萎縮並老死於此。突然間我想念起北京無情的生活。我想念焦慮不安的日子。我想念未知且危險的未來。王八蛋老天爺在上，我想念我生活銳利的邊邊角角。

後半夜的時候，稀稀落落的鞭炮聲沉寂下來。爸媽的房間沒有聲響了。黑暗中我摸索手機和電話卡，撥了波士頓的電話。媽的，該死的錄音留言。我心裡一陣恐懼，有如我已經被世界遺棄。我放下電話回到房間，躺到床上。我想寫伊媚兒給班。腦中響起

「Nirvana」樂團的那首歌：「Where Did You Sleep Last Night?」。不過家裡沒有伊媚兒，我沒辦法聽見他的聲音，除了電話答錄機上令人厭煩的訊息。在我窗外，可以看見天空新年的第一抹微光。班，你昨晚睡在哪裡？睡在哪裡？

我躺在床上慶祝新年的到來，默默地孤單一個人。又一個五千年的歷史上路了。醒來時，爆竹聲又開始不絕於耳。我走進廚房，端起母親爲我做的新年第一餐——一碗薑片和豬肉湯底煮成的長壽麵，又燙又好吃。突然間，我想起了本地孩子以往唱的一首歌，歌是這樣唱的：

長壽麵，長壽麵，誰能教我人生的祕密？
長壽麵，長壽麵，為何你老是這樣的長？
長壽麵，長壽麵，難道我要站在桌上才能將你夾起嗎？

我默默地專心吃麵。我心裡想著，難道長壽麵長得足以通向一千八百里遠的北京嗎？我將整碗麵吃光，媽媽頗爲滿足，就像任何母親看著孩子吃完她準備的食物，特別是新年的第一餐。她又從鍋裡撈了一碗同樣細長的麵條，撒上乾金針，放在我面前。我感到絕望。這麵條眞是長到沒完沒了。

吃完第二碗麵，媽媽問了我新年頭一個問題。

「芬芳，妳說妳演了好多電影和電視劇，我們怎麼從來都沒看見妳的人影？」

該怎麼解釋自己演出的貧乏角色？該怎麼解釋螢幕上那個老是一聲不響的我？這邊出現一個肩膀，那邊出現一個側臉，一張隱沒在人群當中的面孔。

「這個嘛，我猜大部分我演的戲只在有線頻道播出。對了，就是這原因——有線頻道。我想家裡沒有裝設有線台。」

媽媽看著我。「眞的？這樣的話，我們就要另外想辦法了。妳爸爸跟我要趕緊去買個有線天線。那樣我們就能看到妳演的戲了。」

斷片十六

芬芳在餐巾紙上寫字，心想不知巴頓是否想要吃點東西

我買了一台新的DVD放映機，牌子叫「Soni」，而不是「Sony」。這台機器品質好得很，不挑片，我的盜版DVD全部都能播放。這一來吃午飯的時候，我就能欣賞馬丁・史柯西斯導演的《賭城風雲》。兩個黑幫分子——勞勃・狄尼洛和喬・派西——在小小的螢幕上狂吼亂鬥。有時眞希望自己也是個黑幫，過著狂亂的生涯，有一天說死便死——一槍穿心，全無任何防備。那就是我所嚮往的死法。

不管怎樣，觀賞電影的時候，我夾著蔥花餃子和生大蒜蘸了蘸一小碟米醋。我對蔥花熱愛的程度，可比大力水手嗜食菠菜。如果食物裡沒有加蔥，我就食不知味。細長的青蔥有一股強烈、特殊的味道。每一回吃著蔥花，我都會想要有一方小小的庭院種植香蔥。春天時可以觀賞它們可愛的粉紅花蕊，到了夏天，就可以摘來做成佳餚。失神想著關於香蔥的種種，螢幕突然出現火爆的情節。我感到一陣厭煩，連忙將電視關了，打算出外走走。我吞下最後兩顆水餃便出門了。

來到街上，如此耀眼的光線令我幾乎睜不開眼睛。或許在白天睡慣了，眼睛已經承受不了超過檯燈四十瓦的光線。我感覺自己有如囚犯，從幽暗的牢房監禁了二十年剛被釋放出來。走了半個鐘頭後，我心裡明白，除了麥當勞，這城裡幾乎找不到地方可以坐下來休息。一里路接著一里路，只見政府機關或諾基亞公司或髒兮兮的餐廳，裡頭只有惡臭的洗手間，或者連洗手間也沒有。這座城市眞讓人受不了。如果不去麥當勞，還能怎麼辦？

我決定到北京外交學院，那裡的咖啡廳有免費續杯的檸檬水。一個鐘頭後，我已經喝著第三杯檸檬水。這地方滿滿都是大學生，面前擺著其厚無比的中韓詞典、中德詞典、中英詞典。你眞的有這種感覺，到了未來，這些孩子們將會統管整個世界。

取出筆來，我開始在餐巾紙上寫字。接著又停手。餐巾紙令我想起我的朋友巴頓，班的老室友。巴頓也會在餐巾紙上塗塗抹抹。我不曉得他寫的電影劇本水準如何。據說有數不清的好萊塢製片有興趣將他的劇本拍成電影，不過，由於他寫的都是英語，我讀起來有困難，所以沒辦法加以評斷。

巴頓熱愛北京。「妳曉得，就算一個城市看起來像北京一樣嚴厲，處處混凝土建物，還是有可能討人喜愛，」有次他這樣對我說。他還說跟美國比起來，中國更爲美國化，所以他寧可住在中國。眞是古怪。中國怎麼可能比美國還要美國化？我不懂。不管怎樣，巴頓穿著夾克和口袋層層疊疊的工作褲，人家老是誤以爲他是攝影師。他總是探手伸進褲袋，摸出小筆記本和短短的鉛筆。利用紙筆，他記下任何有趣的發現，特別是北京的俚語。他特別喜歡像「二奶」代表「情婦」，「掃黃」代表「取締賣淫」，「牛屄」代表「棒透了」。他會細心將這些詞彙寫在筆記本上，要是簿子寫完了，就記在餐巾紙上。

我喜歡巴頓。這世界上沒有多少人能夠同時既無聊又有趣，如果你懂我意思的話。對我而言，巴頓跟我似乎是同類：總是處於無聊之中。不過，他比我更懂得如何對付這種無聊的處境。不論如何，巴頓跟我之間沒有那種男女情感。我們就像王家衛電影《墮落天使》裡面的殺手。殺手不是搭檔就是敵人，反正絕不可能是愛人。

在北京不管去到哪裡，你很可能會在咖啡館遇見巴頓——六呎之軀坐在角落，穿著大號的棕色夾克和多口袋的工作褲，在他名牌的老ＩＢＭ筆記型電腦上敲敲打打。你可以確定，他的電腦插頭總是插在牆壁上唯一的插座上，電線像藤蔓一樣拖曳在地面，攀爬過時髦的北京人暢飲的定價過高的卡布奇諾，直朝終極目標而去：巴頓混亂但聰明的大腦。

我回到餐巾紙上繼續塗鴉。或許我應該打電話給巴頓，看他是否想要吃點東西。不過他大概不怎麼想吃東西。巴頓吃得不多，或者該說吃得不像我這麼多。你看，那就是問題所在：沒有多少人像我這麼能吃。每當有人跟我一起吃飯，最後總比原先預期的要花更多的時間和金錢。我知道自己實在吃太多了，但我沒辦法克制。我隨時隨地都飢餓難耐。

最後，我決定不管那麼多，撥了電話給巴頓。不用說，他人在某間咖啡館裡。

「哪一間？」我問，已經等不及要過去了。

「北京外國商業大學的咖啡館，」他說。「進步咖啡館，妳來過了嗎？剛開幕沒多久。」

「進步咖啡館？」

「對，這地方很不錯，免費供應茶水。」

「聽起來很棒。可是你不想吃點東西嗎？」

我可以聽得出來他在猶豫。

「唔，我不怎麼想吃東西，」巴頓說。「如果妳眞的肚子餓，我們可以找一家餐廳讓妳吃東西。」

「那太好了。你比較想吃外國菜或中國菜？」

「妳決定就好，反正東西是妳要吃的。」

我感受到巴頓已經有幾分不耐。

「這樣的話，我們就去北三環路的重慶金山城麻辣火鍋店，」王八蛋老天爺在上，我十分想念他們的麻辣鴨血湯。

「北三環路的重慶紅山城麻辣火鍋店，」巴頓重複地點。

「不對，不是紅山城，是金山城。北三環路的重慶金山城麻辣火鍋店，」我出語糾正。

有時巴頓的中文會打結，特別是碰上名字的時候。

「好的，管他該死的什麼山城，一小時後那裡碰面。」

我正打算離開，這一來就必須繞過我桌邊那對令人不忍卒睹的情侶。兩個人緊貼在一起，眼鏡碰眼鏡，嘴唇像膠水般黏合做一處。那德性教人十分難堪。我努力要把頭別開，頸子都快扭傷了。

眼鏡男孩說：妳是什麼血型？

眼鏡女孩說：B型。

眼鏡男孩說：那是很自私的血型。

眼鏡女孩說：可是你說我人又好又甜。

眼鏡男孩說：我是覺得妳又好又甜。

眼鏡女孩說：現在你知道我的血型了，想後悔還來得及。

眼鏡男孩說：我不後悔啊。

眼鏡女孩說：你要是後悔，我們出了這地方就各走各的路。

眼鏡男孩說：我都說了，我不後悔。

我深吸一口氣，快快繞過這對情侶走出門口。

「相對論！」巴頓一來到重慶金山城麻辣火鍋店我的桌旁便開口宣布。他脫掉多口袋的棕色夾克，將名牌電腦放到桌上。

「什麼論？」我搞不清楚他在講些什麼。

「愛因斯坦，」巴頓說。「相對論。上禮拜我對我女朋友說回來吧，跟我住在一起。可是現在，當然，我又想離開她了。跟她在一起我什麼事也幹不了。晚上不到十二點就得熄燈讓她睡覺，早上九點以前就得起床清理廚房還要洗澡。一個人住的時候，我他媽的才不會去管什麼髒不髒的——我自己，或是廚房。這樣就像一對夫妻，煩死我了。不過這一切都是我的錯——是我自己叫她回來的，都是因爲我怕寂寞。」

「可是，這跟相對論有什麼關係？」我迷糊了。

「妳不覺得這狀況就像相對論？」

「聽起來比較像獨立論罷，」我說。

「誰的獨立論？」

「噢，我不知道。可能是那個美國總統說的，他不是寫了什麼獨立論嗎？」

「好了，芬芳，我們叫點啤酒來喝罷。」

不過我不怎麼想喝啤酒，不知怎地，喝啤酒不會讓人比較開心。

「我們來點清酒如何？」我建議道。「清酒淡淡的，喝了讓人心裡輕鬆。」

「狗屁，清酒太貴了。我們還是喝啤酒，點最便宜的那種——革命牌啤酒。」

我點頭，巴頓用道地的中文點了兩瓶革命牌啤酒。

「妳那位神經的前任男友現在怎麼樣？」他舉起酒瓶就口問道。

我想起小林，感覺那已經是上輩子的事情了。自從搬到海淀，我就沒有他的消息。他沒有我新公寓的電話，我手機的號碼也換了。夜裡不會再有電話鈴聲吵我。

不想回答，我換了個話題。

「喂，巴頓，你是美國人。你覺得田納西・威廉斯的寫作技巧如何？」我問。

「妳想知道田納西・威廉斯？老天，他已經是恐龍時代的人物了，我十二歲的時候讀過他的東西。」

「你是說他已經過世了？」

「哦，過世好多年了。他被瓶蓋噎死。」

「他怎麼樣？」我嚇住了。

「沒錯，不怎麼光彩的死法。他這個人非常可悲。他酗酒，還是個同性戀，他的愛人死得很早，癌症。最後的二十年他幾乎完全孤獨……」

王八蛋老天爺在上，我實在不想聽到田納西・威廉斯這麼令人沮喪的事情。我想聽的是他的《慾望街車》，還有他寫作初稿的方法。如果威廉斯這傢伙的人生果真像巴頓講的如此困頓，我寧可自己探究這件事實。

我中止交談，將注意力轉到菜單。喚來女服務生，我點了麻辣鴨血鍋。湯頭裡有成噸的辣椒和大蒜。巴頓和我可以盡情折磨我們的舌頭，莫再深究田納西・威廉斯坎坷的一生。

老大一鍋冒著熱氣的火鍋立即送上桌。我們倆開始冒汗，有如面前的鍋湯，巴頓脫掉層層衣物，直到我能看見他汗濕薄衫底下的胸毛。我也如法炮製，剝除衣物，直到僅供蔽體的程度。店裡其他的顧客對我們瞪大了眼睛。

臉紅汗滴，巴頓出聲，「芬芳，我有個劇本的好主意。」

「哦？這跟喝鴨肉湯有任何關聯嗎？」

巴頓點頭。「對，沒錯。故事是這樣的。兩個外星人奉命來地球探索人類。他們降落在北京三環路，看了一下四周，化身變成一個美國編劇和一個中國編劇。他們肚子餓了，就直接到最近的餐廳，重慶紅山城，點了麻辣火鍋來吃。東西太辣了，所以他們一樣一樣卸除身上的裝備，直到他們注意到自己已經成爲眾人的焦點。突然間，他們擔心眞實的身分曝光……」

「然後呢？」

「我不曉得，我還沒想好。反正就是兩個外星人跑到重慶紅山城麻辣火鍋店，想要進一步開發地球。」

「不是紅山城，金山城才對，」我說。我的嘴裡塞滿海帶和鴨血。不過即便食物已經吞下肚子，我仍舊感到飢腸轆轆。

「我最近看了一大堆ＤＶＤ，」巴頓說。「每天晚上都看。」

「我也是。這是目前中國最流行的休閒活動，你不覺得？」

「天曉得。反正我上禮拜最喜歡的電影是《靈異第六感》。我喜歡電影最後的轉折，妳知道布魯斯・威利其實一開始就已經死了……」

「什麼？」我叫出聲來，哽住了一塊鴨肉。「我以爲布魯斯是活人！我怎麼可能沒有注意到？或許那時候我在廚房煮水餃或是上洗手間。」

巴頓似乎很氣惱。「妳怎麼那樣看電影？中國人看電影眞的很糟糕。我的女朋友也是這樣。她會在劇情最關鍵的時候講電話聊天。我們一起去看《厄夜叢林》。眞是受不了。你知道她在結尾那一幕、最重要最恐怖的段落時，居然在幹嘛？她在跟湖北省三頭鳥村的阿姨講電話！後來，她很神經，一直問我最後到底發生了什麼？我都快氣瘋了。講眞的，我想要跟她分手的原因之一，就是因爲她根本不曉得怎麼看電影。」

「巴頓，你們美國人看電影太認眞了。對你們來說，看電影就像上教堂做禮拜。而我們中國人，去電影院就像上菜市場買高麗菜一樣。」

巴頓一聲不吭。看起來他已經放棄了。

後來我們沒再多說什麼。我們只是瞪著滾燙的火鍋不斷冒出熱氣。好幾家子湧進餐廳佔滿了桌子。在後頭房間，一個女人用恐怖的聲音唱起卡拉ＯＫ——林憶蓮的《愛上一個不回家的人》。這陣子，大部分比較有規模的餐廳都有卡拉ＯＫ，好招攬客人。如果你點了兩隻鴨子，重慶金山城麻辣火鍋店就提供免費的卡拉ＯＫ。我們周遭每個客人都在尖聲叫好，唯獨巴頓和我沉默得像兩塊豆腐，我們搞不懂這些人在興奮些什麼。一旦脫離電影的夢幻世界，我們兩個又變成無聊的普通人。

或許我們就是應該要唱卡拉ＯＫ。

我看著巴頓，他的神情跟我一樣挫敗。我注意到桌上的空酒瓶。

「沒錯，巴頓，該是再來幾瓶革命的時候了……」

斷片十七

做了一天的新工作之後，芬芳受不了打電話給小林

我決定掙脫日益狹隘貧乏的生活。我在一家電影與電視公司找到一份新工作。時候似乎到了，我應該改變自我中心的個人主義生活，投入一個正式集體工作團隊的健康活動。我工作的那家公司叫新世紀影業。

上班的前一天晚上，我觀看中央電視台的新聞。我必須知道當前中國共產黨總書記的名字，因爲我之前都不看什麼報紙。時間是八點半。我將臉洗乾淨，決定用韓國草藥面膜敷臉。頭一次面對新的工作團隊，我想要看起來像朵清新的月光花。我不希望臉色看起來像是好幾天沒有見過人，一直待在公寓裡，唯獨電腦網路跟我作伴。我刷了牙，還用八輩子沒用過的牙線清潔牙縫。我希望講話時可以吐氣如蘭。接著就是服裝。我翻遍整個衣櫥，尋找一條不會太土的裙子，結果找到一套狗屁粉紅套裝，這還是某個造型師因爲女主角不合適才轉送給我的。我翻箱倒櫃，找出幾雙看起來比較正經的鞋子。到了九點鐘，我還整理了公事包。究竟上班應該帶些什麼東西我全無概念，我往袋子裡裝了筆記本、一支新筆、一本女性雜誌，還塞進另外一些女人的道具，一管唇膏、蜜粉、唇筆、睫毛刷。

這般大費周章令我回想起以前念書時候的往事。每年春天，學校會到山上或森林去旅行。旅行的前一天晚上，我會反覆折磨我可憐的小包包，因為我老是拿不定主意應該帶些什麼東西。然後我會興奮到睡不著，隔天早上就會太累而遲到，有一次甚至錯過整個旅行。我們在生命當中不斷自我重複——同樣的習慣，一次又一次地重複。

已經十點鐘。我應該上床睡覺了，就像農夫白天下田辛苦幹活前一晚讓自己養足精神一樣。我設好八點半的鬧鐘，接著又在手機上設定同樣的時間，接著再設好收音機的鬧鐘。事實上，我把房裡所有可以在八點半準時發出聲響的任何裝備都設定妥當。不過接著我就想到：如果八點半起床，九點到辦公室，這樣可沒有辦法給我的同事留下良好的第一印象。所以我決定改成八點起床，八點半到新的辦公室，會是比較審慎的做法。我更改所有的鬧鈴，爬回床上。不過，躺在床上，我又決定這樣不行，我應該還是八點半起床就好，因為這個時間比較符合我的生理時鐘。我應該對身體誠實以對，胡亂唬弄身體可不好過。我又起身將所有的鬧鈴改回原本的八點半。這時候已經十一點了。真該死。我躺下緊閉雙眼。

蜷伏在被單底下，我既緊張又興奮，像個懷胎的女人。明天我就要上班了，我頭一份真正的工作。我想到應該寫封伊媚兒給班，跟他分享這個大消息。我起床，插上電腦，等視窗出現。我給班快快寫了封信，然後關掉電腦跳回床上。我躺著一動不動，有如扮演一個戰死沙場的紅軍士兵，文風不動直到導演喊：卡！我的內心起伏不定。我開始思考應該如何運用第一個月的薪水。或許可以買個廚房抽油煙機，好看清楚我烹調的東西。或許還可以買個吸塵器來清理地板的毛髮，這樣就不至於感覺自己好像住在髮廊裡頭。或者我應該乾脆一點，全部拿來買電話卡，盡情地打電話給班。我揣摩辦公室裡該坐在哪裡，是否能有自己的桌子。我不曉得午餐的時候會怎麼樣，其他同事會不會邀我一起用餐。等到下班的時候，他們會怎麼互道再見？

後來我開始噩夢連連。夢中我沒能趕上地鐵，就像葛妮絲·派特洛演的電影——《雙面情人》。我匆忙奔跑趕搭列車，不過趕到時，車門已經關上，只能眼睜睜看著列車將我拋在空蕩蕩的月台。這個夢讓我焦慮到清醒過來，跳下床鋪。房裡暗沉沉的，鬧鐘顯示凌晨一點。離八點半還早得很。我躺回去睡覺。後來又夢見我父親，甚至夢見我父親的喪禮。

一個辦喪事的正在我父親老邁的臉上幹活，他躺在一口敞開的木棺裡。喪禮上每個人都到了——親戚，村民，甚至連黨領導也都出席。不過奇怪的是，那地方不是我們的村子，而是靠海某處。墓地在海水上頭一處險峻、狹窄的峭壁。空間如此窘迫，送葬的人必須貼緊並且直立如鉛筆，稍一不慎，便有可能失足落入海中或墓裡。從峭壁之上可以眺望整個中國東海，日本和台灣盡收眼底。一名老者鏟了一把泥土在我父親臉上，突然間那對眼睛睜開。我父親直視著我。我有股衝動想跳進墓中幫他闔上眼睛，不過下一鏟土蓋住了他的臉。我驚醒。砰一聲——八點半了。身邊所有的東西都發出聲響。我應聲而起。刷牙，洗臉，穿戴妥當——內褲，褲襪，狗屁粉紅套裝。我動作迅速，有如受訓的軍校生。好了，這會兒我整裝完畢，帶上我的道具袋。我鎖好房門外出走到街上。

抵達新世紀影業時，其他人都還沒到。我想辦法找事情來忙。我泡了一大壺的茶，將茶杯洗過。我看到一大落的報紙，逐一分送到每張桌子。終於等到同事上班，我也分派到自己的工作。工作內容包括將一些卷宗歸檔，收進某個不同的資料夾，接著又是將一些卷宗收進另一個資料夾。做完這些，我將一疊文件分類，再收進個別的資料櫃⋯⋯一整天都是類似的工作。我的心思游移，在桌上偷偷摸摸翻看當天的報紙。我去了好幾次洗手間，我沒辦法安心坐在辦公桌上。每次一聽到上司的腳步聲，我就自動埋首於卷宗當中，不過我的眼神不知怎地就是沒辦法壓低。

經過一整天緊張、忙碌又空虛的工作，我明白自己再也忍受不了。我辭職了。我向同事表達歉意，離開新世紀影業公司的辦公室。

一溜出大門，我頓時輕鬆無比。這會兒我可以脫下這套荒謬的衣服，洗去臉上的化妝，不用再去煩惱明天早上的鬧鐘設定。睡覺時不會再噩夢連連，不必再夢見我父親的喪禮。

來到外面，我撥電話給小林。我不明白自己幹嘛如此，但是想到犯下錯誤時，已經太遲了。他即刻接起電話。我聽得出來他頗感意外，不過刻意保持毫不在乎的聲音。聽見他的聲音，身體升起一股寒意，不過我居然邀他見面一起吃晚餐。我們講好在一家以前老愛去的餐廳碰面——北京製片廠附近的林家魚頭。

小林到的時候，我已經就座了。我們點了一鍋鯉魚頭。鯉魚令我想起第一次見到小林的情節，他給了我一盒有鯉魚的八塊錢便當。生命是個迴圈，不停地循環繞行。我看著小林，他似乎胖了一些。突然間，腦中鮮明浮現他變成中年男子的身影。我開始滔滔不絕，把頭一天、也是最後一天上班的所有細節都告訴他。他默默聽我訴說，那樣子好像他想證明自己已經有所改變。我講話時看著他，開始擔心起來。我感到恐慌，害怕自己回到他身邊，我們又會一起生活。我深感絕望。怎會做出如此瘋狂的舉動！到底怎麼了，我怎會想要重蹈覆轍？

火鍋底下的火舌舔著黏答答的鍋底，魚頭分解成膠黏的一團狼藉，連魚骨頭都融了，唯一固體的東西只剩下魚眼珠。小林和我談著話，我們沒談什麼重要事情：附近的工程建設，新近落成的北京電視塔，政府公布的地鐵計畫。氣氛很怪。我們避免談到兩個人的關係。而且我壓根兒就不想知道他姥姥、他妹妹和他爸媽的任何事情。隔著桌子看著他，心想不知我們是否就像離了婚的夫婦，成熟而理智，每兩個月見面一次，討論孩子的未來。

最後小林說，「妳知不知道我們養的白狗上個月死掉了？」

這件事有些令人震驚。跟小林同居時，我從沒想過那間公寓裡頭的動物會死。牠們似乎長生不老，如同他姥姥一樣。

「牠怎麼死的？」

「牠太老了。有一天我們沒看見牠，原本以爲跑出去了。兩天後，我姥姥在床底下發現牠的屍體。」

我不曉得該說些什麼。

小林把帳單付了。我們沒再多說什麼。他喝掉最後一滴啤酒，起身說再見。

他離開餐廳，自我克制，沒有回頭。

我一個人又坐了一會兒，凝視鍋裡融化的魚骨頭。眞是奇特的一天。感覺好像小林是這世界上唯一和我親密的人，我們就像家人一樣——家人總是互相傷害。班就不是我的家人，班只爲自己而活。一個西方人。班和我一起睡覺的時候，他可以忘記黑暗中躺在身邊的愛人。我覺得他不太需要別人的體溫，他自己的華氏九十八度九便已足夠。他的靈魂獨眠。

我想起班和我做愛之後，他如何轉過身去，留我面對他光裸的背部。即便我們的身體只相隔兩三公分，那距離也令我無法忍受。我感到被遺棄，有時在黑暗當中，我無法克制地想起小林。我懷念和小林共度的夜晚。

斷片十八

灰子帶芬芳去見一位製作人，金光閃閃的同志

我從早上十點開始想寫點東西，現在已經兩點半了。

「妳只要把初稿完成就好。」一灰子的話語在我耳中回響。我想創造出一些令人興奮的東西，不過總感覺自己寫出來的情節既差勁又淺薄。這在在反映了我所參與演出過的乏味電影：執行助理，清潔工，饅頭小販，橋上牽著單車的女人。我想寫出一個個性多面的女性角色：同時兼具妻子與情婦，奴隸和戰士。不過我也明白自己無能爲力。我不了解女人，待在北京的全部時間，我從來就沒有結交過女性友人。似乎北京城所有的女人不是忙著照顧小孩，就是處理抵押貸款，金錢是她唯一需要的朋友。我也談不上是自己的朋友。所以我放棄女人，改寫一些別的東西。

很快地，我完成兩頁的電影大綱，片名叫《網路藝術家》，模仿《駭客任務》的調調。這個故事描寫一個電腦駭客，執迷於控制網路世界。這個駭客創造出威力強大的網路病毒，後來人家聘請他擔任病毒駭客的工作。一下子整個世界就任他宰割，他可以在網路上爲所欲爲。他的威力無遠弗屆，大到他開始感覺幻想破滅，沒有辦法面對他所創造出來的東西。所以他試了好幾個方法想要自殺，最後終於成功，消失無蹤。整個世界陷入混亂和恐怖，主宰者一去不返……

我完成故事後打電話給灰子。

這故事聽起來不錯，灰子說。我聽說有一個製作人，資金雄厚，很想找幾個好劇本。我已經把我的一個劇本寄給他。如果我打個電話，今天或許就能和他見面。

我簡直不敢相信自己運氣這麼好。

掛上電話，我決定爲自己沖一杯熱咖啡。熱咖啡可比熱血溫暖的男人，兩者都給人勇氣面對嶄新的一天。

一個小時後，灰子和我來到那位製作人的辦公室。地點位於建外ＳＯＨＯ大樓的二十一樓，所有外國企業都在這裡設有辦公室。舉目尋找電梯，我們在底層的巨型星巴克咖啡迷路了。看到那位製作人之後，我不禁心涼了一半，接過他遞過來的名片，我另外半截心也全涼了。

金貴權，防僞公司經理。

他的姓——「金」——照字面的意思就是金子。讓我們就稱呼他金光閃閃的同志好了。

金光閃閃的同志是個暴富之前在一些領域苦幹三十年之久的男人。他看起來像顆長條狀的番薯，那張飽脹的臉刻畫著一輩子的奮鬥，牙齒啃過數不盡的西瓜而外突，皮膚泛著油光，厚重的額頭壓在眼睛之上。他看起來一副貪婪的暴發戶特徵。金光閃閃的同志一口濃重的東北腔，從頭到尾就沒拿正眼瞧我，或許因爲我不是男人的關係。

他坐在椅子上，隨手翻了翻那幾頁劇本。他看起來若有所思。突然間他拿起手機瞎按一通，對著電話吼叫關於股票和股份的東西，關於升升降降的數字。然後一眨眼他又掛上電話，將手機扔在我的劇本上，坐回椅子裡。他草草望著我的方向開始講話。

「哦，妳是個女作家。我，呃，我從來都不看……妳曉得……女的寫的東西。呃，妳可別生氣，可是女人哪會寫東西啊。妳倒是說說看，中國有哪個偉大的作家是女的？根本沒有嘛。瓊瑤，那個台灣作家，或許算一個，如果妳說台灣屬於我們的話。她寫的故事，關於小格格或小燕子或什麼的，其實也還可以而已……我最愛看的東西是小報。小報裡面才有眞正的故事，眞實的故事。有眞實的故事才有偉大的作品。我最愛看的報紙是《警鐘長鳴》。我剛投資拍攝了一部電視劇叫《我綁架了一個女人》。妳這網路故事，幹嘛不改成警方追捕這個駭客？」

金光閃閃的同志喘了口氣，大聲啜了口茶。我看了一眼灰子，不過他正凝視著窗外。金光閃閃的同志往杯裡呸出幾片茶葉。他往後靠回椅子，坐得舒舒服服的。

「灰子——芬芳——」他拖長聲調，「聽我說，人生可眞有意思，我這輩子，呃，還眞是有點嚼頭。你們知道嗎？昨天我招聘員工，結果來了八個女孩子——淸一色一米六以上的個子，全都穿著一樣的套裝，化妝也一樣。我讓八個女孩子排成一排，好好瞧著她們，就跟選妃似的，呵呵！我每個人都考了一下，結果哎喲！講實在話，我沒有一個看得順眼的。眞是可惜！我把她們都解散了，出去買半斤包子塡肚子，哎喲，你們可曉得，我在那裡買包子的時候，身邊站著一個年輕漂亮的小姑娘。哎喲，這女孩子，她可眞有意思！我就上去跟她說話了。

「一開始她還挺反感，可是我這個人最大的優點就是臉皮厚，你們曉得？結果最後我說服她到辦公室來接下了工作。你們曉得，這輩子我跟高個子的女人就是有緣。這女孩子身高一米七。我記不住她叫什麼，不過我倒記得她從哪裡來的：溫州，浙江省最聰明的城市。

「隔天晚上，你們猜怎麼著？我正在家裡看電視劇《大明宮詞》，她打電話給我！她說，『金大哥，要不要到我的地方來？』哎喲，聽到這話，我告訴你們我的血都熱了，你曉得我的意思，灰子？因爲我也是苦過來的，我跟你說，我這輩子還眞夠波折！不過我絕對一點也不笨。我提醒自己小心這種女人。搞不好這是個陷阱，她那裡埋伏了三五個男人，準備綁架我，偷我的錢！所以我叫了計程車，按照她給的地址開過去，一到達那裡，我另外給了司機五十塊錢，叫他先上樓去探探究竟。他回來說一切正常，她看起來是個好姑娘。所以我就自己上樓，然後呢，一起過夜。命中注定的夜晚，我跟你說！隔天早上，我拿了兩千塊錢給那女孩，告訴她，『去買點漂亮的衣服，嗯？』不過這女孩子又讓我吃了一驚！你曉得她怎麼說？她說，『金大哥，我不要你的錢，我們一起做一番事業罷。』哎喲！我聽了這話眞是印象深刻。這女孩子有前途有本事。她不想拿我的兩千塊，她好聰明，她估算能另外掙上兩萬塊錢。我把錢放回口袋，心想人家根本不是妓女。多好的腦袋！你們知道她來自浙江省——這就對了。人家浙江人腦筋靈光得很，全身都是生意細胞，不像我們東北人死腦筋……哎喲，她叫什麼來著，這小姑娘？我還眞的記不起來。」

金光閃閃的同志的手機響了，他放下茶杯接起電話。天曉得這通電話來自東北哪個角落，不過電話講個沒完沒了。談話的內容是金光閃閃的同志努力要解釋給另一頭的白癡說，要怎樣打長途電話但只付本地的費率。我敢發誓他已經解釋過上百次了，不過那個蠢蛋怎麼也聽不懂。

整段電話過程灰子和我坐在沙發上，無聊得要命，簡直像在接受懲罰一樣。我討厭坐著無聊空等，不過我也不想起來走動。這可笑的辦公室有四張紅色皮沙發，每個角落各有一盆竹子。我猜四可能是金光閃閃的同志的幸運數字。

窗戶外頭可以看見天色已經暗下來。沙塵暴來了。皮椅強烈的氣味害我作嘔。灰子不停來回看著我跟金光閃閃的同志。我那份劇本孤零零躺在桌上。

終於金光閃閃的同志掛上電話，注意力轉回我們兩個身上。沒兩下他又開始繼續他的人生故事。

「你們曉得，人生可眞是有意思。人家說我到死爲止會有四段戀情。這個浙江姑娘，她一定是這四段戀情當中的一個。我可以給妳一點劇本的素材，芬芳！我告訴妳我第一次戀愛的經過，妳聽了一定忘不了。念中學的時候，我愛上我們班的班長。她是個巨人，這女孩子，個子好高！哎喲，一看到她，我就會起雞皮疙瘩。學期結束時，我寫了張紙條說，『嘿，下學期我們一起坐在最後一排好嗎？』我知道我個子矮，她個子好高，不過呢我告訴妳，即便在那時候，我就知道我跟高個兒的女生有緣。我們在外面結凍的湖上滑冰，我把紙條塞進她一只紅手套裡，她把手套掉在冰上。我待在手套附近，不想錯過她的反應！你們曉得後來怎麼著？她回來拿手套，結果滑了一跤，一屁股跌在冰上！哦，跟你們說我緊張死了！終於她站了起來，拿她的紅手套拍掉身上的雪啊灰啊，結果，我那張紙條就從手套裡甩了出來！她從地上撿起紙條看了看。我專注地看著，不過沒有反應。她把紙條塞進褲袋。結果你們曉得她從我身邊走過時說了什麼？她說，『金貴權，你這人眞髒，思想眞髒。我們年紀還小不可以這樣！』這批評可眞嚴厲，居然從我心愛的女班長口中講出來！」

金光閃閃的同志的手機又大聲響起，他看著電話突然間非常激動。

「哎喲，我想是浙江姑娘打來的。我想起她的名字了：張什麼的。先不理小張好了……我們繼續聊。」

我很詫異他居然不理電話。「我們應該先吃個飯，嗯。樓下有家餐館叫『東北友誼』。他們做的溜肥腸，美味極了……

「說到哪兒了？噢，那女班長罵過我之後，我們再也沒有講過話。四十年過去了，有一天我回到老家，哈爾濱。我開著我的BMW，看到路邊有一攤賣著新鮮的豬蹄子。『買回去晚餐配啤酒一定過癮，』我心裡想，結果哎喲，你下輩子也猜不著我在那攤子後面遇見誰了！我的老班長！可是呢，我告訴你們，呃，她那模樣眞是慘不忍睹。圓滾滾的，像一尊佛像！旁邊還跟著一個煩人的小鬼在剁泡菜。她那腰圍起碼有我兩圈粗！可是她的名字……她的名字，我想起來了：李雅琴。她抓著我兩隻手開始巴結起來。『哎喲，金貴權，是你！你怎麼在這兒啊？這些年來我一直在找你！我日子過得好苦。我爸爸在礦坑幹活，一直都沒什麼錢。哎喲，我眞是後悔死了，金貴權。』

「『妳後悔什麼呀，李雅琴？』我問，她居然哭了起來，那副模樣！緊緊抓著我，說她這輩子最幸福的一刻，就是那天滑冰摔倒看見我寫給她的紙條。『我高興極了！』她說。『這些年來我一直找不到你，現在碰上你了，開著你的大轎車來我這熟食攤！不過一切已經太晚，我兒子也這麼大了。』這時候，我眼睛朝下看著豬蹄子，你們猜怎麼著？當時我的感覺就是這豬蹄子怎麼跟她的手一模一樣——醬黑色，又肥又斑斑點點。

「哎喲，這人生……你們曉得。人生就像那些爛熟的豬蹄子，有時你眞的就只能有什麼吃什麼。」

這時候金光閃閃的同志的眼神開始迷濛起來。灰子和我面面相覷，不曉得該說什麼才好。我的劇本大綱還躺在桌上，已經完全沒有人在意了。

金光閃閃的同志突然從悠悠往事當中抬起頭來看著我。

「芬芳，」他慢聲慢氣。「告訴我，妳看我這男人還有點意思嗎？」

灰子警覺地看看我這邊。

「可不是，眞有意思。」我清清喉嚨。「是的，當然。我覺得你很容易親近，特別是我爸爸的年紀跟你相當，要了解你不怎麼困難。」

我感到灰子一陣輕鬆。

「哎喲，妳頭一次跟我見面就覺得我挺有意思，嗯。那個溫州姑娘，哎喲，她叫什麼名字……妳曉得？」

「姓張？」我接了一句。

「對，對，張小姐。沒錯，好了，我不能再聊了，我得趕緊回小張的電話。」

就這樣，金光閃閃的同志走出紅色皮革的辦公室去回電話。

灰子和我同時站了起來，半秒不差。我拿起桌上的劇本大綱，收進背包。我沒有責怪灰子的意思。我們走出了辦公室。

沙塵暴襲來，風沙掀起我單薄的裙子。北京的春天沒有半點溫柔之意。灰子和我走著走著。一個女人騎單車經過我們身邊，她用圍巾掩住口鼻抵擋塵沙。男人買了晚報拎著公事包匆匆走過。金光閃閃的同志的東北腔還在我耳邊回響，那些話語……「眞髒，思想眞髒！」沙塵捲進我的眼睛，害我揉個不停。我一陣頭疼。

灰子可以感覺我心情低落。

「算了，芬芳，」他說，「我帶妳去玉淵潭公園看櫻花罷。」

我只說了句「好」，就沒再多說什麼。接著一路跟著灰子。我想不出原因，不過感覺從金同志的辦公室出來之後，好像老了五歲。實際上我很同情那個男人，正如我對他說的：我了解他。

玉淵潭公園的櫻花樹遠近馳名，滿滿的遊客，寸步難行。父母領著孩子，小輩帶著老人，觀光客，官員，建商，守衛。我們爬上一個小高坡，視野好一些。腳下整片樹林有如金屬絲繞成的雕塑，粉紅的花瓣在風沙中搖曳生姿，幾乎聞不到半點花香。

我想起了日本，櫻花季在那兒廣受歡迎。接著我想起報紙登過一個悲傷的故事，一個年輕的日本女孩躍下瀑布自殺。遺書上寫著：

我不想失去青春之美。我不想看到身體老去。櫻花選擇一夜凋零。我欲如是。

我再度望著底下的櫻花樹，看見草地上已經鋪滿一層凋零的花瓣。

斷片十九

芬芳接到一通某個地下導演的來電

「人生就像那些爛熟的豬蹄子，有時你眞的就只能有什麼吃什麼。」金光閃閃的同志的話語留在我心裡。或許他說的沒錯。

提到爛熟的豬蹄子，我可連這東西也沒有。已經兩個月沒工作了。冰箱裡沒有冷凍水餃，洗手間沒有捲筒衛生紙，廚房裡找不到醬油或醋，浴室沒有香皂。所有東西都被我用光了。更糟的是無所不在的寂寞。我把水壺放到爐子上。頭痛又開始了，好幾天沒喝咖啡這毛病就會發作。我東翻西找，摸出一包不新鮮的即溶包。我最擔心的是糖罐裡不知還剩下什麼。我閉上眼睛將糖罐打開。王八蛋老天爺在上，果不其然，裡面半點糖也不剩，空空如也的糖罐底下躺著兩隻蟑螂的屍體，是餓死的。

我坐在桌邊。足足有半個鐘頭，我光坐著，慢慢喝著大杯子裡苦澀的咖啡。喝完之後，什麼改變也沒發生。不過呢，我的頭疼消失了。

我開始搜索衣服找錢。我找遍口袋，連去年的大衣也不放過。幾個零錢也好——只要能幫我撐過今天就好。結果總共找到二十五塊錢。

我下樓，嘴裡立刻嘗到塵沙的滋味。風裡塵沙滾滾。我跑到最近的商店，買了一包冷凍香蔥餃子，兩包速食麵和一罐糖。找回五塊錢。走回家的時候，我祈禱雨水降臨，解救這乾漠的城市。「拜託下雨，」我口中喃喃。「拜託下雨，拜託下雨，拜託下雨。」

回到公寓，我狼吞虎嚥吃下一碗速食麵，又喝了杯咖啡，這次有加糖了。接著坐在桌邊，凝視著我的電話。有些事情就要發生，有人就要來拯救我，我有這種預感。「拜託救我，拜託救我，拜託救我……」我喃喃自語。兩分鐘後，電話響了。

王八蛋老天爺在上，感謝你！這是一通跟錢有關的電話，一通來自某個地下導演的電話！

那導演先自我介紹。老長的一段介紹，我幾乎快睡著了。他把他奮鬥成爲第一線藝術家的故事一股腦兒全告訴了我。起先，他想打入主流，被全國接受，甚至進入好萊塢。不過完成第一部作品之後，出於某些原因，未能通過審查。所以他改變政治立場，決定走地下導演的路線。拍攝的電影越多，他就越趨向地下和憤怒。

總之，正如我所說的，地下導演說他聽到電影劇本《何安的七種化身》時，我都快睡著了。他說他覺得何安聽起來滿地下的，而他的七種化身非常有意思。能不能讓他看一看劇本？

能不能讓他看一看劇本？地下導演，你是伯樂，我是你的千里馬。我百分之一百二十萬分樂意把何安跟他血腥瑪麗的麗麗交給你。

地下導演非常高興。

「太好了，太好了。芬芳。今天晚上我們見個面。九點鐘。江蘇飯店二樓的淮陽廳。」真是太好了！我掛上電話。王八蛋老天爺從來就不會把所有的出路堵死——總是有個地方可以脫困。這世界鐵定有超過三百種的死法，不過管他的，反正我不會餓死就對了。

晚上八點鐘我出發前往江蘇飯店，稿子拿在手中。我感到頭部發熱，喉嚨腫了起來，耳朵也在痛。外頭的沙塵暴有如要將我席捲而去。我聽見沙粒擊打附近建築物的窗戶，這一刻，我感覺有如全部的未來掌握在我手中。我心慌意亂，我需要找人講話，讓自己穩定下來。我取出手機和電話卡，打電話給班。感謝王八蛋老天爺，這一回接聽的，不是聽到不想再聽的電話答錄機。

「班，班！」

「怎麼回事，芬芳。我正在刷牙，十五分鐘內要趕到學校去。」

我可以聽到背景有流水聲。我開始打噴嚏，咳嗽連連。

「聽起來妳好像感冒了，芬芳。妳要去看醫生嗎？」

「什麼？」我吸鼻涕。「別可笑了。中國人可不能一遇到該死的感冒就跑去看醫生。」

「好罷，如果妳不想看醫生，至少買點蔓越莓汁來喝，對感冒發燒很有幫助，」班不耐地說。

「蔓越莓汁？你瘋了不成？整個北京能買到這古怪東西的地方，只有建國門友誼商店和中國世貿中心底下的超級市場，我怎麼可能有錢去買。花三十塊錢坐計程車跑去買一瓶奢侈浪費的美國果汁，一小瓶大概就要四十塊錢。」

班又不耐煩了。「不管怎樣，好好照顧自己就對了，芬芳。」

「好啦，好啦，我會的。我只想跟你打聲招呼。今天外面這裡風好大。不好意思，我得走了，我在趕時間。」

「我也是，」班說。「有空再聊。」

我把電話放回口袋。刹那間我了解到跟班的所有事情根本毫無意義，我們幹嘛還一直講電話聯絡？難道我們還不明白彼此之間相隔一萬八千四百英里嗎？難道我們還不承認彼此根本不了解對方的生活嗎？我甚至連班年紀多大都不曉得，或者他的家庭狀況如何，他的父母還在一起或者已經離異。相對的對班而言，他根本連蕫丘村在哪裡都不知道，或者我未來的夢想有多艱辛。我深感絕望。

口袋幾乎空空如也，我不能叫計程車。沒別的選擇，我只能搭公車穿越大半個北京城，穿過地壇到江蘇飯店。公車裡人群擁擠，我的鞋子都被踩髒了。我的長髮滿是糾結。

我忘了化妝，穿著一件醜陋的大衣抵擋塵沙的襲擊。我要去跟男人碰面，卻毫無女性魅力可言。不過去他媽的這一套假惺惺，到這時候又有什麼干係？我要去見一個地下導演。貨眞價實的地下導演。一個反主流的嚴肅傢伙。

我必須轉乘兩次公車。我感覺體溫升高。九點鐘已過，不過公車還是擠得滿滿的，車掌沒辦法穿過人群收票，叫嚷不休。我的頭陣陣作痛，手裡的稿子都捏皺了。最終從滿載的公車擠下車，我拖著腳步有如一隻老狗。我看見江蘇飯店大樓就在前方。我又冷又餓。耐心點，耐心點，我不斷提醒自己。很快妳就能把何安的故事拍成電影，到時候就有錢天天吃熱騰騰的鴨血湯。

我趕緊上到二樓的淮陽廳。不過沒有看到人。我環顧周遭，看不出有誰的樣子像地下導演。難不成他已經走了？我今天要怎樣才能拿到錢？我走到吧檯，抓起電話，撥了他留給我的號碼。

「嗨，是我，芬芳。我到了！江蘇飯店二樓的淮陽廳。你人在哪兒，地下導演？」

「我說的是江蘇汽車旅館，不是江蘇飯店！」他說。「妳得搭公車再多坐幾站才會到。」

媽的，怎麼會有人在江蘇汽車旅館和江蘇飯店都賣淮陽菜？我絕望地掛上電話，下樓走進沉沉的黑夜。

匆匆踏上馬路，感覺體溫一路飆升，從華氏九十七度七跳到九十八度九，再繼續上升到一百零二度一。我呼吸不順，有如氣喘病發作。周遭的景物一片迷濛。我無法分辨身後的江蘇飯店和前方的江蘇汽車旅館有何差別，兩棟建築物看起來一模一樣，招牌上的字體也一模一樣。狂風持續呼吼，空中的塵沙掩去月色，簡直就像世界末日。依稀可以聽聞電線桿上的播音器放送最新的新聞。

「再一次，沙塵暴突襲我們的城市。依據北京氣象中心的報導，今天下午四點市內空氣的沙塵量達到頂點，每平方米含沙量一千零一十二毫克。今晚一陣八級的西北強風颳過海淀區。風暴來自內蒙古戈壁沙漠地區，其行進路線將會繼續通過華北，再轉向南下……」

氣象員的最後幾句被狂風淹沒。這就是北京，這個城市沒有一刻溫柔。如果不打起精神與之對抗，你就只能坐以待斃，這種對抗永無止境。北京就像西西弗斯的城市——你唯一能做的，就是不斷地推呀推呀推的，最終那顆巨石還是會滾落在你身上。

在馬路上踉蹌前進時，狂風結結實實就像落在頭頂的鍋子。寒風中，一個男人從我身邊打著哆嗦經過，我請教他江蘇汽車旅館的方向。「什麼汽車旅館？」他向我吼道，顯然完全不曉得那該死的地方在哪兒。他自顧自走了。白癡。「人生就像那些爛熟的豬蹄子，有時你真的就只能有什麼吃什麼。」王八蛋老天爺在上，我又重複一遍金光閃閃的同志的話語。

前方高大建築物的霓虹招牌字體逐漸顯現，一個名字，一間汽車旅館，江蘇汽車旅館。這不是幻象，我終於到了。

那天晚上，我賣掉何安的命運，從地下導演手中收下五千塊錢。臨去之前，他對我說，「芬芳，我沒料到妳這麼年輕——沒料到妳的臉這麼紅，手這麼燙。妳看起來正好可以扮演妳故事裡面的血腥瑪麗女子。」

我對他謝了又謝，接著陷入北京夜晚風暴的黑暗當中。

斷片二十

灰子說：芬芳，妳要好好照顧自己的人生

十二口紙箱，有小有大，我逐一數過。

我坐在床沿，舉目四顧空蕩蕩的房間。每樣東西都已經打包妥當，倉儲公司明天會來。這個地方已經死了一半。一顆光裸的燈泡懸盪在天花板上，一把破損的塑膠椅孤零零立在門邊，兩包過期的速食麵被棄置於桌上，掃帚默默擱在角落，牆面揭下海報之處留有痕跡。看著記憶被打包成箱委實怪異——北京生活的十年就這麼裝箱封存。等到明天，這些箱子會被堆疊進倉庫。明天，我會收到一張編了號碼的文件。接著我就可以到任何想去的地方，四處旅行，再也不用擔心房租。那個號碼會成爲我的家，存在我腦中的數位家園。

或許我可以到南邊的雲南，住在山上。我可以請當地人教教我如何在森林裡尋找蕈菇。或者可以到大連，靠海的城市，一窺黃海和漁船的究竟。或者也許可以到蒙古，住在帳篷裡，照顧羊隻，躺在草地上仰望無窮的天空。不過動身之前，我必須先取得一齣戲劇的劇本，田納西·威廉斯的《慾望街車》。王八蛋老天爺在上，我已經下定決心搞懂田納西這傢伙到底有些什麼名堂。我想看看是否可以靠自己發現生命當中的美好。我想知道能否一個人安睡，毋須渴望感受身邊男人華氏九十八度九的體溫。細細尋思之際，我玩弄著通訊錄，打開簿子，從頭至尾來回翻動。

最後我打電話給灰子，他是我從北京消失之前唯一想見的人。

「嗨，芬芳，我剛想要打電話跟妳說再見！我們在哪兒碰頭？」

一時間兩人皆默默地想著。

「Jazz Ya!」我們異口同聲叫了出來。那是整個三里屯酒吧街拆建之後碩果僅存的老店。

我比灰子先到 Jazz Ya。傍晚時分，裡面沒什麼人。吧台後面，DJ放著歡樂的日本流行樂。我坐在一張桌子聽著音樂。多年來頭一遭，我感到輕鬆寫意，心裡一點也不焦急。灰子進門時看起來悵然若失。莫非他爲我即將離去而感到傷心？我沒有問他。一聲不吭，他點了龍舌蘭。過了一會兒，一杯酒送上桌。王八蛋老天爺在上，那是我這輩子看過最小的酒杯。裡面沒有多少東西，清澈的酒液只略微沾濕杯底而已。

我瞄瞄菜單：**黃金龍舌蘭——三十塊錢**。

「灰子，灰子，幹嘛不叫十瓶革命牌啤酒？價錢一樣呢！」

「不，今天我就是想喝這玩意，」灰子說。

我在北京還沒見識過這種酒類。杯緣插著一片檸檬。灰子做出一連串古怪的動作。他先在手背抹了點鹽巴，舔了舔，接著抓起檸檬片，吸啜汁液，一口氣喝下龍舌蘭酒。桌面一圈濕濕的閃光水印。然後砰一聲他放回了空杯。

一名女服務生經過。「再來一杯！」灰子吩咐她。

過了一會兒，那女孩端來另一杯黃金龍舌蘭。又是三十塊錢，我在腦袋裡計算總帳。眞是黃金般的消費。他又表演了整套動作，鹽巴，檸檬，空杯。桌面又出現一圈水印。看著灰子，我不禁想起以前看過比利．懷德的一部電影——《失去的週末》。這故事描寫一個極度想成爲作家的男人，不過他終究酒喝太多了，寫不出東西。他成天唯一的工作似乎只是猛灌黃湯。這個酒鬼作家從頭到尾只在第一頁寫了個書名：瓶中……瓶中……瓶中……灰子一點也不像他。灰子曉得如何寫出東西。

這會兒，他已經喝下第六杯龍舌蘭，酒杯擱在深色的木頭桌面，旁邊是六圈水印。

我們兩個靜靜坐著，打量濕亮的圈印，有如某種抽象的風景。我的喉頭和心裡有東西蠢蠢欲動。打從認識灰子之後，我就有句話一直想要問他，現在不問以後就沒機會了。

「灰子，你的人生倚靠是什麼？你這一生到底在乎什麼？不，實際上，我想問的不是這個。」我努力想找出正確的字眼訴說心中的疑惑。

「你能不能告訴我，你為什麼能夠如此平靜，安穩得就像樹林裡的石頭，而我卻老是感到焦慮絕望？」

灰子看著我沒有回答。或許我的問題太過巨大，太過含糊。

「你懂我的意思，對不對？」

「是的，我懂妳的意思，」灰子說。「不過我沒辦法回答。我自己也不太清楚。不過，有時候一個非常微小的東西可以久久觸動我。就像海子那首詩《面朝大海，春暖花開》。它很美。有時要是心裡不對勁，我就會想到那首詩的結尾，」

給每一條河每一座山取一個溫暖的名字
陌生人，我也為你祝福
願你有一個燦爛的前程
願你有情人終成眷屬
願你在塵世獲得幸福
我只願面朝大海，春暖花開

「每當想起這幾行詩句，我的心就得到溫暖，」灰子說。

我默默聽著。接著灰子的話令我大感意外。

「芬芳，我得告訴妳，我以前愛過妳，現在……我依然愛著妳。」

桌面的水圈幽光閃動。

我什麼也沒說。

很快地，灰子離開了Jazz Ya。這麼突然離去不像他的風格。不過他說他醉了，得先走一步。臨去之前，他拉住我的手握緊。這事很怪，我曉得我們以前從沒握過手。他的手指細瘦修長，不過手心厚實而溫暖。那感覺十分強烈。

灰子最後對我說的是，「芬芳，好好照顧妳的人生。」

隔天，我離開北京。我買了單程車票到汕頭。我想聞一聞南海的氣息。坐在咯咯作響的火車裡，灰子的話在我心中回響。它們迴盪穿越我當臨時演員的歲月，穿越我製造罐頭、清掃地板的死寂歲月。它們迴盪穿越一個被遺忘的小村落的街頭巷尾。

一個悶熱的夏天清晨，我十七歲。打開咿呀作響的窗子，眺望山頭。成排的番薯田一望無際。無聲的田地在高溫下微光閃爍。我凝望天邊聚合的蒼雲。該是離開的時候了。無情的太陽融化我青春的軀體。我告訴十七歲的自己說：**芬芳，妳得好好照顧自己的人生**。

致謝

感覺起來，我的譯者和編輯有如跑了一場馬拉松爲你獻上這本書。這是我在中國出版的第一本小說，寫的時候我非常年輕。十年之後，和英文譯者 Rebecca Morris 及 Pamela Casey 合作這本書的一開始，我就明白要將此書譯成英文面臨兩個難題。

首先是語言的問題。譯文必須捕捉一個年輕中國女孩的語調，而她生活陷入混亂，並且口吐俚俗粗鄙的中國話。

第二個難題是如今我對原初的中文文本已經難以滿意。十年過去了，我發現自己已經不能同意當初寫作此書的年輕女作者。她的世界觀已然產生變化，就跟北京和整個中國已經改頭換面一樣。我想要更改中文文本的每一個句子，並且和那個對於世界所知如此有限的年輕作者奮戰。雖然芬芳，小說的女主角，應該還是對她的人生感到絕望，我想要說服她長大成人。

重寫一本已經翻譯完成的中國小說對於譯者來說，是個沉重的負擔。唯一的辦法就是以英文改寫翻譯完成的作品。幸運的是，我的編輯 Rebecca Carter 完全了解我的意圖。

所以，我花了許多工夫和三位西方女性一起工作，爲難以捉摸的芬芳捕捉恰當的語言。這整個過程，我周旋在兩種文化當中，奮力要從兩種語言創造一個共通的世界。如今我們已經突破這場馬拉松的終點線，我想把這本書獻給兩位非常特別的人士：我的編輯 Rebecca Carter 和我的經紀人 Claire Paterson，她們對我的寫作助益良多。同時獻給 Michael Wester：希望你能收下我這份遲到許久的禮物，不管在哪裡，也不管你如何看待芬芳。無限感謝 Philippe Ciompi 的靈魂和胸懷。同時也感謝 Alison Samuel、Clara Farmer、Juliet Brooke、Rachel Cugnoni、Audrey Brooks、Suzanne Dean，以及倫敦 Chatto & Windus 和 Vintage 的所有工作同仁，感謝紐約的 Lorna Owen 和 Tina Bennett 以及北京的 Cindy Carter。最後，感謝你們，感謝我兩位年輕的譯者。如今我們已經成熟，非常感謝你們大家。

郭小櫓

哈克尼，二〇〇七年六月

國家圖書館出版品預行編目資料

青春，飢不擇食 / 郭小櫓(Xiaolu Guo)著；
郭品潔譯. — 初版. — 臺北市：
大塊文化，2009.10
面； 公分. — (to ; 66)
譯自：Twenty Fragments of a Ravenous Youth

ISBN978-986-213-132-9 (平裝)

857.7　　　　98012333

LOCUS

LOCUS

LOCUS

LOCUS